妖異戀愛古書店

～無論多少次，我都會與妳相逢～

蒼井紬希

目錄

第一話　不可思議的邂逅

孩提時代，我總會摟著珍惜的繪本兀自哭泣。

哭泣的地點一定是同一個地方，就是住家附近的老神社。

『為什麼爸爸媽媽都不陪在我身邊？』

他們無法待在我身邊，想必是有原因的。母親忙於工作，父親離家不返。然而，還是個小女孩的我不可能明白那些大人的理由。我總是一再詢問著為什麼，令心愛的外婆傷透腦筋。然後，連外婆都會跟著流下淚來，使我更加難過。

所以，我養成跑到附近的神社一隅偷偷哭泣的習慣，這種時候我一定會帶著繪本。摟在懷裡的繪本是我唯一的寶物，能幫助我回想起家庭依然幸福的時光。

我會躲在神社不顯眼的角落翻閱著繪本，思慕著存在於溫柔記憶中的父母。

某一天，有個少年向這樣的我搭話。

雖然已經無法清楚回想起那個少年的長相及聲音……但我想我們的年紀應該是相仿的。

『沒事了……別哭，有我在妳身邊。』

少年依言陪伴在孤單的我身旁。我跟他分享我珍惜的繪本，他就深感興趣地看著，微笑著說「妳非常喜歡繪本啊」，還說想更常跟我一起看書。

我很開心，接下來每天都會帶繪本來到神社，跟他一同度過一段愉快的時光。

每次見面時，他都一定會這麼問：

『妳的願望是什麼？』

我不明白他為什麼要問我這種事。

『我的願望……？』

『對，我總有一天會幫妳實現。』

我回望他澄澈的眼眸，那閃耀著溫柔光芒的眼神，彷彿真的會替我實現任何心願。

如果是在與他相遇之前，我一定會希望回到和父母一起幸福生活的時刻吧。不過，因為跟他在一起非常開心，讓我在不知不覺間忘了內心的痛楚，變得只希望他能永遠陪伴在我身邊。但是，要許下那樣的願望需要勇氣。

（因為神明……都不會替我實現願望啊。）

他是我第一個交到的重要朋友，也是無可取代的存在。我害怕自己這麼說出口就會失去他，所以我不想開口。

『那麼，我們來做個約定吧。』

『約定？』

『我跟妳約定，我們今後也會永遠在一起。無論是明天、後天，還是今後的每一天……』

少年的話語令我心花怒放，難掩興奮地回應。

『約好嘍？今後也要永遠……陪在我身邊喔？』

我們倆勾著小指立下約定。時值沁涼微風輕拂臉頰，帶著酸甜櫻花芬芳的季節。

他是從什麼時候起無法再陪伴我的呢？我愈是拚命地回溯記憶，記憶就愈如抓住的雲朵般溜走。我連他的名字、長相、一同度過的地點以及繪本的書名，全都忘得一乾二淨了。

搞不好這並不是自己過往的記憶，而是心願，我只是作了一場夢而已。

在我的意識正要融於夢境時，就會感覺到櫻花花瓣如雪片般點點紛飛，逐漸遮蔽我的視線。接著，我身後就會傳來令人懷念的聲音。『欸，在這裡喔。』那聲音一再迴盪，如柔軟棉絮輕觸般令我的鼓膜發癢。

『約好嘍，別忘了。』

當我回過頭去，只見在朦朧不清的世界裡，沒有任何背景，只有美麗的黑色羽毛輕飄飄地隨風飛舞。那幻境般的景象，簡直像是蝴蝶在徬徨徘徊著尋求另一半的模樣。

當我一憑著自身意志試圖行動，就會有一陣柔和的振翅聲傳進耳裡，一股暖意將我包覆。不僅如此，還傳來節奏不疾不徐的心跳聲，那是令人非常舒服的音色。

——你究竟是誰？

我雖然想確認聲音主人的容貌，卻被對方緊緊摟住，無法回頭；不曉得是不是全身肌肉放鬆的緣故，身體也動彈不得。我彷彿連發聲的方式都忘記，完全發不出聲音。僅有焦躁灼燒著喉嚨深處。

『永遠在一起的……約定？』

我在內心如此詢問。然而理應看得見的視野卻逐漸轉淡消失，在下一瞬間就再也回想不起來。

『沒錯，約好嘍，別忘了。』

當中究竟有多少是過往的記憶，有多少是夢境呢？記憶的碎片明明逐漸清晰起來，輪廓卻又再度變得曖昧不明。

我雖然感到焦躁，卻因思緒融成一片而無法導出結論。最後，我眼前的視野搖晃起來，影像如雪花畫面般中斷。

宛如肥皂泡泡啵的一聲破掉般，真山紗月倏地驚醒，倒抽了一口氣。公寓天花板的紋路清楚映入眼簾。

意識就像霧靄散去般清醒過來。自己的身體發燙地冒著汗，冷氣微溫的風吹拂臉頰。

看來自己似乎是打了瞌睡。

「我……作了……什麼夢？」

紗月察覺自己的眼角噙著淚，用手指輕輕拭去。那是自己孩提時代在神社哭泣的夢，而當時有某個人陪伴在紗月身旁，那名少年是誰呢？即使想深入回憶，卻想不起具體的內容。明明是那麼懷念、那麼溫暖的心情，卻又帶著一些悲傷……是個令人感到不可思議的夢境。還是說，這是自己過去的記憶呢？

紗月輕輕甩頭，接著她緩緩起身，望向整理到一半的紙箱及書山，對自己感到傻眼。

「啊……完全沒有進展……」

沒錯。自己正因為即將搬家而整理著書櫃。結果卻不知不覺間沉迷於以前所買的書中，就這樣昏昏欲睡而被睡魔拖進了夢裡。紗月的視線落在依然攤開著的繪本《白兔與黑兔》上。

直到前些日子都還在東京的大型書店工作的紗月，從大學畢業進入公司至今，都負責繪本與童書區。自幼她就非常喜歡繪本，雖然成為書店店員後也接觸了各式各樣的繪本，但還是沒有別的書像這本紗月從小讀得滾瓜爛熟的繪本那麼令她愛不釋手。

這本繪本的書脊在陽光曝曬下，已經處處破爛斑駁，現在也彷彿即將解體般，但她還是決定再度翻開，從第一頁開始閱讀。

白兔與黑兔兩隻小兔子住在廣闊的森林裡，牠們每一天都整天玩在一起。然而有一天，牠們正在捉迷藏時，黑兔突然坐了下來，一臉悲傷。

『怎麼了？』白兔詢問。『嗯，我正在想一點事情。』黑兔回答，將自己內心的想法告訴白兔。

『我正在祈禱。希望能夠一直都跟你在一起，直到永永遠遠。』

兩隻兔子雙手合握，摘下蒲公英花朵夾在耳後，在月光下跳著婚禮之舞——從友情轉為戀心，時而苦悶，戀心不知不覺轉為愛意——型態雖然改變，但牠們倆仍永遠在一起編織幸福。這是加思．威廉斯所作，於一九六〇年代發行的繪本。

是因為在讀這本繪本時打起瞌睡，才會夢到那種情節嗎？

根據外婆表示，紗月從小「似乎」就非常喜歡繪本，尤其是這本書，她自五歲起就視為寶物般珍惜，每天都會翻閱。

為什麼說得像是別人的事一般呢？因為紗月其實沒有十歲之前的記憶。她只能透過外婆或母親得知自己在那之前過著怎樣的生活。

她喪失記憶的原因，是十五年前發生的一場車禍。當時似乎正值紗月的父母鬧離婚，而父親多日不歸的時期；在母親外出工作時，紗月會託給外婆照顧。某一天，迎接十歲生日的紗月獨自前往神社遊玩，據說就在途中被捲入了車禍意外裡。

紗月身受重傷被送進醫院，雖然奇蹟似的痊癒了，卻完全想不起遭逢意外之前的所有記憶。根據醫師仔細檢查的結果，她的腦部沒有損傷，不需要擔心後遺症。最後，醫師研判她喪失記憶可能是心因上的作用使然，才會暫時無法想起來。

然而，紗月後來一直沒有恢復記憶，就這樣度過了十五年的歲月。

紗月今年春天就滿二十五歲了，就算沒有十歲之前的記憶，對日常生活也沒有影響。畢竟隨著長大成人，孩提時代的記憶本來就會逐漸淡薄，對紗月而言，不過是這種情況發生得比一般人略早一些，僅此而已。

雖然沒有十歲之前的記憶，但紗月仍清楚記得自己小學高年級、中學、高中……等自己度過的重要時光。而她現在即將回到度過青春時代的故鄉。

以某件事為契機，紗月今年春天決定辭去待了四年的公司，返鄉謀職。

或許是因為如此，她這陣子開始會定期作不可思議的夢。由於過於逼真，讓她不由得懷疑這是不是自己孩提時代在故鄉生活時經歷過的事，但一睜開眼睛，夢境就會變得模糊，令她分不清究竟是夢還是記憶。

每當作夢的日子，紗月總會湧現「想立刻回老家」的衝動。雖說都已經在東京待了七年，事到如今才犯思鄉病也有點怪。但她總會產生類似的感傷情緒。

當紗月回想起自己出生成長的故鄉「透馬村」的田園風光時，手機鈴聲響起。她拿起桌上的手機，是母親打來的。紗月按下通話鍵後將手機湊到耳邊。

「喂？」

『啊，我是媽媽。紗月，搬家的事準備得怎麼樣了？如果很麻煩，我可以去幫忙打包喔？只請一天假當天來回應該還有辦法。』

「不要緊，妳還得照顧外婆，很辛苦吧？離家生活後添購的用品我都已經處理掉了，行李不會很多，打包得很順利，已經快結束了。」

紗月環視空蕩蕩的房間，這麼回答。

『這樣啊。妳回家來後能多一個可靠的幫手，我很高興。不過我並沒打算把照顧外婆的事全推到妳身上，所以妳要好好思考自己今後的方向喔。』

「我知道，不用擔心。」

『那麼我就準備好美味的菜餚，期待紗月回家來嘍。』

母親興奮地說。讓紗月也感到十分溫暖。

「嗯，我也很期待。啊，如果可以點菜，我想吃燉肉馬鈴薯，加了芋頭的那種。」

『等等，我馬上把材料寫下來。』

紗月腦海中浮現電話那頭母親的模樣。『芋頭、絞肉以及……』她似乎正愉快地開始列出食材。

母親一定已經明白自己想搬回鄉下的原因了，不過，只要是紗月不想說的事，母親總是不會多問。她從以前起就是這樣。

紗月的外婆從去年底起就因為身體不適而住院，幾乎都是母親在照顧她。因為其他親戚都住得遠，只剩母親還留在透馬村。

母親為了兼顧工作而蠟燭兩頭燒，想必十分辛苦。身為外婆帶大的孩子，紗月覺得自己如果能為外婆做些什麼，也想盡力協助。

既然如此，只要利用休假或許也幫得上忙，但紗月會下定決心返鄉工作，其實是出自其他原因。

紗月曾有個男友，那是大她三歲的前輩。自己是抱持以結婚為前提的想法在跟他交往的，對方也常這麼表示。兩人看似交往得很順利，然而，在他們交往三年的紀念日當天，她發現男友與其他店員有一腿的事。而且還在紗月沒察覺的情況下持續了一年以上。

『妳聽說他們要結婚的事了嗎？好像是女生有了……』

更令紗月受到重創的，是從同事那裡得知劈腿對象懷孕的事實。這令她大受打擊。

紗月感到窒息般痛苦，空蕩蕩的胸口就像被塞滿了棉花。她的雙腳顫抖，站也站不穩。自己的存在完全遭到否定的喪失感令紗月眼前一黑。等她回過神來，自己已經被抬到辦公室裡了，看來自己似乎是氣急攻心導致過度換氣而昏倒。

之後，紗月便過著無精打采的每一天。工作時倒還好，但一有時間思考，腦中就會不斷閃現關於他的事。

兩人的婚禮、他左手的戒指、她一天天隆起的腹部、終於出生的嬰兒……每當紗月如此想像，黑暗的情緒就會在自己內心纏繞著，她對此感到害怕。也不再有自信能保持單純的心情推薦繪本給客人。

不行。這樣下去我會討厭起自己來。紗月產生了危機意識。

某天，她突然冒出了一個想法——想要回故鄉。紗月順勢撥了電話給母親，結果據說母親也為了通知外婆住院的事，而正想聯絡她。

「我想回新潟老家。」紗月告訴母親。

她告知自己並不是指暫時返鄉，這令母親吃了一驚，但仍表示有女兒在身邊幫了大忙，而歡迎她回去。

在那之後，自己也沒告訴母親詳細原因。外婆的事就夠令人擔心了，紗月不想讓她操無謂的心；況且自己的心理創傷也沒有痊癒到足以告訴他人的程度。

刻意不追問原因，是母親特有的體貼方式吧。然後，她也模糊地想起背叛這樣的母親而離開的父親。

……話雖如此，紗月已經想不起他的長相，也不記得他的聲音了。他似乎搬到外縣市，但自己並不想主動打探消息。

父親似乎是在紗月小時候離家的。這或許可說是不幸中的大幸，紗月由於遭逢車禍，沒有十歲之前的記憶，所以並沒留下足以造成心理創傷的痛苦回憶，不過想想母親當時的心境，一定與現在的紗月相同吧。

遭到心愛之人背叛，難以承受且不知所措，卻一直受到名為「依戀不捨」的枷鎖束縛。兩人在這一點上的感受是相通的。

要挽回離去者的心是件難事。既然如此，不如忘得一乾二淨，重振精神設法自立自強。不曉得母親當初是不是也懷著這樣的想法？

母親曾語帶自嘲地說「是我不夠好」，這點現在的紗月非常能夠體會。自己也有應該反省之處，不能一味地譴責前男友。一定是自己不夠努力讓對方喜歡，或是不夠體貼對方吧。

紗月掛掉母親打來的電話後，望著桌上攤開的繪本《白兔與黑兔》上那看似幸福的兩隻兔子插畫，並看向文字。

『我正在祈禱。希望能夠一直都跟你在一起，直到永永遠遠。』

發誓永恆不變的愛，是多麼珍貴的幸福啊。

自己總有一天也能遇到像這樣心意相通的對象嗎？

搬家當天。從新瀉站轉乘電車需要一個半鐘頭左右。接著再轉乘兩次，經過大約九站後，就能抵達名為「透馬村」的無人站。車上的乘客還算多，但除了紗月以外，沒有半個人下車。

由於透馬村是個偏僻的鄉村，電車幾乎都會過站不停。即使如此，或許是託新興住宅區的福，現在每隔一小時就有一班車可以抵達，實在令人感謝。

紗月一走出剪票口，蔚藍的晴空、林立的山峰、延續至地平線彼端的田園景色就映入眼簾。

面對饒富風情的景色，紗月深深一呼吸，讓澄澈的空氣盈滿肺部。

（好舒服！）

青草芬芳令人心情愉快。故鄉的空氣彷彿治癒了自己因都市生活而疲憊不堪的每一個細胞。

紗月一走出車站，淡紅色的花瓣就飄落下來，輕搔著她的臉頰。似乎是種植在鐵道沿線的櫻花花瓣被風帶了過來。盛開爭豔的整排櫻花樹令紗月看得入迷。帶著酸甜氣味的櫻花芬芳飄來，令人有種類似微醺、恍如置身夢境的感覺。

這裡的櫻花花期比東京晚，剛過四月中旬的現在正值賞花時節。綻放夢幻美麗花朵的櫻花樹在綠意環繞下猶如幻境。

村公所建於走出車站的右手邊，其公布欄上貼著「黃櫻祭」的海報，以及舉辦發表短歌的吟詠會通知。

在自古以結緣之神聞名、祭祀著村莊守護神的「透馬山神社」腹地，有片廣闊的自然公園，裡頭種了染井吉野櫻的古樹及黃櫻。由於不同種類的櫻花有各自的盛開時期，從四月下旬到五月上旬為止都能盡情享受各式色彩。現在正是平時冷清的神社最為熱鬧的時期。

紗月的老家就在神社旁，因此一到賞花或慶典時期，鄰近友人就會相約爬上長達數百階的石階前往參拜。

（真令人懷念……）

紗月下意識地微笑起來。

接著，紗月以紅色的神社鳥居為目標，背對著車站緩緩漫步。左側已建起整片新興住宅區。明明同屬一個村莊，隔了一條道路的另一側卻像其他城鎮。

雖然不及都市的程度，但鄉村還是會在不知不覺間逐漸改變啊。紗月一邊想著，同時望向右側。

從這裡沿著彎曲的道路前進，就會漸漸走進寧靜的鄉間小路。走上十五分鐘，應該就會抵達架有拱廊的商店街。穿越商店街後就是國小及國中，外婆住院的醫院則在前方。

紗月走進商店街，左顧右盼地環顧周遭。街上人群三三兩兩，沒什麼活力，已經蕭條了許多。不過，紗月反而喜歡這番風情。

她對古色古香的街景感到懷念，同時在掛著「鴉翅堂書店」招牌的店家前停下了腳步。

（這裡是什麼地方……）

透過緊閉的玻璃拉門望進去，可窺見店面深處緊湊排列的書架，以及四處堆放的書山。與其說是書店，看來更像是古書店。

沒看見老闆的身影。店內空無一人且昏暗，也沒有開燈。不曉得只是沒有營業，還是已經歇業了呢？

「不過，這裡以前有古書店嗎？」

紗月不由得自言自語。

高中畢業後，紗月考上東京的大學而前往東京，即使如此，每年過年及盂蘭盆節還是會回鄉拜訪外婆。雖然出社會幾年有餘，她還是不時會回來玩，也自認對這不太有活力的商店街十分熟悉。

然而，無論紗月再怎麼回想，也沒有關於這間古書店的記憶。招牌及店面本身都相當老舊，大有從這條商店街興建完成起就一直守望著村莊的氣勢。怎麼看都不像是最近剛開的店家。

此時，紗月聽見啪沙啪沙的振翅聲，一隻鳥兒悠然地降落在她面前。鳥兒全身漆黑……並非如此，所以這不是烏鴉。鳥兒抖動身軀，在陽光照耀下散發著如蛋白石的七彩光輝。

「哇，好美……這是什麼鳥？」

臉頰宛如撲了腮紅般，是略帶紫色調的粉紅色；從頸到胸部則是散發綠色及紫色光澤的層次，十分美麗；長而端整的尾巴也很帥氣。

紗月被吸引住而輕輕靠近。鳥兒瞥了她一眼，不過既沒有攻擊也沒有逃跑，而是凜然佇立在那兒。甚至可以感受到人類藝妓般的風采。

牠那如黑曜石的渾圓眼睛十分可愛；鳥喙乍看之下是黑色的，但仔細一看只有前端是乳白色，花紋相當特殊。

「欸，你叫什麼名字？」

鳥兒不會說話，自然無法回答，牠甚至對紗月不感興趣。

紗月總覺得自己曾在鳥類圖鑑還是什麼地方看過這種鳥，記得應該是保育類動物。一凝視著牠，不知為何就湧上一股懷念之情，難不成自己曾在哪裡見過牠嗎？在紗月盡力試圖回想時，美麗的鳥兒再度振翅，飛向晴朗無雲的春日天際。

牠那悠然翱翔的美麗姿態，令紗月再次看得入迷。沒過多久，鳥兒的身影就從她的視線範圍裡消失了。

（啊，牠離開了……）

突然颼地刮起一陣強風，紗月用手壓住貼在臉上的髮絲。這時，貼在鴉翅堂書店玻璃門上的一張紙吸引了她的注意力，紗月在意地走近。

【招募書店店員　有經驗者待遇從優　鴉翅堂書店　老闆】

紗月原本以為是歇業公告，結果竟是徵人啟事。與老舊店面相比，嶄新的紙張如同白雪一般閃閃發亮。以毛筆揮毫而成的俊秀文字，墨水像是才剛風乾似的。

（不曉得店裡有沒有我沒看過的書？如果對方願意讓我在這裡工作……）

一想像起這樣的事，情緒就立刻高昂起來。紗月自孩提時代起就一直很愛書，但只因為書本內心就興奮雀躍不已，早已超越職業病的範疇了。對紗月而言，書是她人生的一部分。

雖然辭去書店店員的工作，但她愛書的心情依然不變，也難以想像沒有書陪伴的生活。紗月在搬家時塞進紙箱裡的物品，甚至有一半是書。

如果可以，紗月今後還是想活用書店店員的經驗，從事與書相關的工作。想到這裡，她原本幾乎遺忘的前男友的事又再度浮現在腦海裡，令她嘆了口氣。

萬一前男友調職到這裡來……一想到這點，紗月就感到不安。雖說如果要列舉可能性就沒完沒了，但她還是無法停止這麼思考。

（沒想到自己……竟然這麼禁不住打擊啊。）

到目前為止，無論私下發生了任何事，紗月都能說著「不要緊」並笑著帶過；在工作上遭到斥責或客訴不斷的時候，她也都熬了過來。

只不過是在一段感情中被玩弄，到頭來，紗月卻拋棄了自尊及一切逃了回來。就連現在，她也無法從自己身上找出一絲價值。

（這樣是不行的吧……得想想辦法。）

比如說，為了成為圖書館員，而以考上縣府公務員為目標，並同時考取圖書館員證照——也能將這個選項列入考慮，但這是比成為書店店員難度更高的窄門。

（該怎麼辦？）

一想到今後的事，紗月就憂鬱了起來。她像是要甩去多餘煩惱般搖了搖頭。

總之，她需要一段時間充電。即使是跑者也無法一直奔跑。就算暫時停下腳步，一定也還是能繼續前進。趁還有存款時讓羽翼稍作休息，然後再繼續飛行吧。

紗月這麼告訴自己，一邊想著近日內再過來一趟，就這樣離開了商店街。

一週後，紗月再度造訪了古書店「鴉翅堂書店」。

由於徵人啟事上並沒有聯絡電話，紗月決定當天直接穿著套裝，前往書店看看情況。如果可以，就順勢詢問老闆關於徵人的詳情。

「打擾了。」

紗月懷著期待與好奇推開了店門。不曉得是不是拉門的狀況不佳，開啟時發出了如同夾著小石子被磨到般，喀啦喀啦的笨拙聲響。

此時，有名男子從看似店面櫃檯處望著她。對方一瞬間吃驚地僵住，只是隔著長瀏海，似乎很稀奇地望著紗月，連句「歡迎光臨」也沒說。

（咦？這裡是鴉翅堂書店沒錯吧？）

紗月擔心自己是不是走錯店家而有些驚慌。老闆奇特的反應也是原因之一，更重要的是，他身著華麗的和服。

那身黑底翡翠色雨縞紋[1]的和服，以及高雅地壓抑光澤的淺紫色外褂，八成是在高級和服店訂做而成的。即使是紗月這樣的外行人也能一眼看出質地之優異。

[1] 為不規則直線，花紋狀似雨水而得名的編織方式。

再加上他那一頭亮澤的黑髮，隔著瀏海窺見、有著雙眼皮的澄澈眼眸，帶有難以言喻的魅力，感覺自己彷彿要被那凜然而清澈的雙眼吸進去般。

對方從外表看來年約二十五至三十歲。該怎麼說呢，在他身上散發著中性，不，堪稱無性別的誘人氛圍。

紗月不由得被吸引了注意力，直到意識到老闆望著自己的狐疑目光，才回過神來。

她環顧店裡，滿滿排列在陳列用書架上的書以及平放堆起的古書山映入眼簾。書籍褪成深棕色，並飄蕩著陳年書籍特有的塵埃味，這裡確實是一間古書店。

「請問你是鴉翅堂書店的老闆嗎？」

紗月怯怯地詢問，對方就傲慢地用下頜指指店裡。

「可以隨意在店裡看看。如果有想翻翻卻拿不到的書籍就告訴我，有想尋找的書籍也可以詢問。」

簡直就像在唸著制式臺詞般說完，他又將視線落到自己手中的古書上。雖然不曉得他是不想與他人有多餘關聯，還是單純個性冷漠，但總之他似乎就是老闆沒錯。

紗月鬆了口氣，環顧店裡，漫無目的地瀏覽各個書架。

架上的書籍種類豐富，實用書、哲學書、日本文學、俄羅斯文學、西方史……現代推理、戀愛、奇幻等類型的小說自然不在話下，甚至連畫集、寫真集，以及紗月喜歡的繪本、童書及懷舊漫畫等都一應俱全。

店面外觀雖小，但深度很足夠，正面看進去，橫向陳列著六座書架，縱向也各有六座書架往店內深處延伸。乍看之下，或許足足有一個小學圖書館大小。

不過，品項雖然豐富，書架間的通道卻相當狹窄。架上擺得滿滿的，上方也橫放著許多書籍，塞得沒有半點縫隙。確實很有古書店的氛圍。

瀏覽了書架後可以得知，架上既有紗月知道的作品，也有相當多堪稱古董的古書。書籍雖然褪了色，卻受到悉心對待，從一絲不苟的陳列方式及配置，可以看出老闆的堅持。對於書痴而言，這是令人愛不忍釋的景象。

紗月沉迷地環顧了整間店後，走向老闆所在的櫃檯。

這裡沒有現代書店理所當然會引進的POS結帳系統，甚至沒有舊式收銀機。在老闆手邊的，只有一把舊算盤、淺碟以及文鎮。

旁邊則有著看起來像手工製作的日式書籤及書衣等，以男性老闆而言相當可愛。這也是商品嗎？紗月雖然感興趣，但現在得先向老闆詢問關於打工的事，她振作精神。

「不好意思。」

紗月一開口，老闆就將視線從正在修復的書籍中移開，抬起頭來。他那雙宛如玻璃珠般純淨的眼眸一看向紗月，就吃驚般睜得渾圓。

「請、請問……」

老闆的反應令紗月不知所措，她頓了頓。然而他又若無其事般將視線落到紗月手邊。

「挑好了嗎？」

「不，其實我是想來詢問關於打工的事。」

「打工？」

老闆的視線又移回紗月眼睛的高度，蹙起眉頭。

「是的，你在店面門口貼了徵人啟事對吧？」

就算明確詢問，老闆也露出一臉摸不著頭緒的表情，令紗月不知所措。

老闆沒有回答紗月的疑問，而是緩緩起身，將腳趾滑進深藍色草鞋裡。接著像要越過紗月般往店門外走去。

「原來如此，是那傢伙幹的好事啊。竟然多管閒事……」

老闆似乎直到這時才察覺貼在玻璃門上的徵人啟事。他彷彿想咂嘴般，表情苦澀地低喃，接著又回到店裡，在紗月面前搖搖頭。

「抱歉，徵人啟事是出了些差錯所致，請回吧。」

老闆說完，瞥了紗月一眼後就轉過身去。沾染在和服上的微微薰香氣味，剎那間掠過紗月的鼻腔。

「咦？呃……」

他又回到櫃檯後方。那連草鞋鞋帶都染上墨汁的身姿，簡直像是烏鴉一般。

既然取名為「鴉翅堂書店」，表示這或許是改自老闆的名字，或是他的興趣；不過與野生鳥類不同，從他身上完全感受不到半點活力。

紗月連忙追在老闆身後。

「請等一下。不好意思，這麼晚才自我介紹，我叫作真山紗月。」

老闆原本正準備坐回櫃檯後方的椅子上。或許是覺得死纏不放的紗月很煩人，他突然轉往店裡深處，默默地整理起書籍。

「只要借我一點時間就好，能不能聽我說幾句話？」

「……」

老闆不發一語。

他拿起的每一本書都令人感覺到歷史的重量，但傷痕不多，一眼就能看出經過悉心修復。老闆仔細地拂去塵埃，整理好排列亂掉的書籍。

紗月看著他整理書籍的手邊，也下意識地想要碰觸書籍。

自己果然還是喜歡書。坦率的情感明確地滿溢而出。

而且，這裡似乎有許多自己沒看過的書籍，令她想在這裡工作——在這樣的衝動驅使下，紗月向老闆開口請求：

「其實我曾經在東京的大型書店工作過四年之久。對於書籍具備相當程度的知識，也有接待客人的經驗。我想我應該可以幫得上忙。」

老闆嫌麻煩似的，無精打采地嘆了口氣，又回到書架前。

「我想妳看了也知道，這是間集合了我感興趣的書籍的古書店。因為位於鄉下商店街，也不會有顧客頻繁上門；如果我要僱用人手，比起經驗，我會選擇力氣大的人，我不需要弱女子。」

老闆連珠炮似的說完，轉身背對紗月，打算走向下一座書架。

「沒問題！別看我這樣，我相當有力氣喔。在擔任書店店員的四年之間，我搬過許多書，也很習慣如何處理了。」

紗月朝著老闆的背影繼續說道。他頭也不回地回答：

「我這裡與大型書店不同，沒有方便搬運用的工具，就憑妳這雙纖弱的手臂實在令人不安。況且，我也不認為自己能支付令妳滿意的打工費。如果明白了，就去別家詢問吧。」

即使如此，紗月依舊不肯罷休。

「薪水是其次。」

「既然如此，妳為什麼想要打工？」

「因為我想在這裡工作，該怎麼做你才願意僱用我呢？」

「我說過許多次了，我沒有僱用妳的打算。」

老闆冷冷地放話。紗月終於按捺不住，不覺激動了起來。

「我有自信，自己愛書的程度絕對不遜於你！」

「既然如此，活用自己的經驗去其他店家工作不就行了？」

老闆這麼說，手揮了一揮。

「我預定要在這個村子生活一陣子，老家就在神社附近。因為外婆住在附近的醫院裡，我想一邊照看她一邊工作……更何況，我也認為自己必須復健……」

紗月為了設法拖延時間挽留住老闆，而結結巴巴地說明，他就嫌煩地嘆了口氣，停下腳步。

「復健？如果身體不好，就更不可能工作了吧？」

「啊，請別誤會。我所謂的復健，指的是心理上的問題……」

老闆稍微轉過頭來瞪向紗月。

「把那種曖昧不清的動機或私人理由強加在我身上，只會令人困擾。」

「請等一下。」

紗月下意識拉住老闆的和服衣袖。

「唔……妳做什麼，別擅自碰我。」

老闆一臉吃驚，他下意識甩動手臂，紗月就因反作用力倒向後方。就在她的背即將直接撞上書架前，老闆又拉住她的手臂，讓她倒向自己懷裡。

「痛……」

鼻子似乎稍微撞到了，有點刺痛。

紗月輕輕抬起頭來，只見老闆極度不悅的臉龐近在眼前。

「呀啊！對不起……」

紗月這才發現自己正厚顏無恥地抱著老闆，她連忙離開他身上。

「妳究竟想做什麼，如果只是想找麻煩就給我回去。」

紗月不曉得該說什麼才能將想法傳達給老闆，於是選擇說出最想讓他知道的話語。

「我無論如何都想待在有書的地方。當然，既然是工作，我一定會竭盡全力努力工作。試用期間你大可以把我當成志工看待，試用期結束後，也只須支付我最低薪資即可。拜託你！」

紗月低下頭。老闆嘆了口氣。

她原本以為終於將自己的想法傳達給對方，彈起來似的站直了身軀……

結果老闆一語不發地推著紗月的肩膀轉了半圈。

「本店今天打烊了，請回吧。」

「啊，等等……你說打烊是……請問……！」

老闆推著紗月的背，讓紗月的身體前傾，就這樣將她趕出店外。

「啊！」

在紗月遭受冷漠對待而不知所措的情況下，店門啪的一聲就這樣關上，並間不容髮地上了鎖。對方甚至還拉下了百葉簾，令紗月沮喪地垂下肩膀。

既然給對方造成困擾，自己也只能選擇放棄了。其實對方說得或許沒錯，只要去別家應徵就行了。會想在這間書店工作，純粹是紗月自私的依戀作祟罷了。

然而，紗月實在非常在意這間古書店。該說是好奇心呢？還是求知欲呢？她感到內心騷動不已。

那種心情就類似「自己搞不好能在這裡發現重要事物」的期待，以及「倘若錯過這次機會，或許就再也遇不到」的焦躁。

連紗月也不明白自己為什麼會有這種感覺，她就這樣站在原地不知所措。

「哦，妳都特地過來，卻被趕了出來嗎？」

此時突然有人從身後向紗月搭話，她倏地轉過頭去。

一名身穿白色外褂及袴❷的美男子，對她露出溫柔的微笑。

紗月下意識地向對方點頭致意。

（這個人……也穿著和服。）

對方那頭留至後背的銀灰色長髮隨風飛舞，融入鄉村景色之中。

雖然與鴉翅堂書店的老闆給人的氛圍完全相反，但兩人所散發的美麗，都同樣地吸引人。

「不好意思。不過他就是那副樣子，並沒有惡意。」

這名路過的美男子這麼說，歉疚地垂下眉尾。他的口吻令紗月驚覺。

「請問你該不會認識老闆？是店裡的員工嗎？」

「不，我們倆是舊識了，算是興趣相投的夥伴吧。」

路過的美男子這麼說，露出高雅的微笑。

「呃，請問你所謂的興趣，是和服愛好會，或是茶道品茗會之類的嗎？」

紗月詢問。除此之外，她的腦中還同時浮現經常張貼在車站附近公布欄上的詩歌朗誦會、圍棋教室一類的活動。

「哎，差不多就是那樣。」

他含糊其辭地回應，臉上始終掛著美麗的笑容。

對方應該不是純種日本人，大概有一半或四分之一的外國血統吧？還是說，他其實是在角色扮演？紗月看著對方獨特的容貌，回想起經常可在東京秋葉原看見的外國角色扮演者的模樣。

然而，他的頭髮毋庸置疑是天生的。那頭髮絲彷彿是透明的一般，在午後的陽光下閃閃發亮。倘若是使用人工化學染劑染成的髮色，絕對不會散發這樣的光芒。

紗月也明白他那身高雅得體的白色柳絣❸外褂及袴，並不是刻意扮裝而造就的美感。對方或許只是個單純喜愛日本文化的人。由於過度盯著對方看會顯得失禮，總之紗月先在心裡如此下了結論。

「妳只須學不到教訓地再次前來就行了。他不過是個性怕生，想待在自己的世界裡罷了。他對任何人的態度都是這樣，妳不需要在意。」

對方這麼說，並看向鴉翅堂書店。紗月也循著他的視線看向店面玄關。原本張貼徵人啟事的位置，僅殘餘著些許膠帶撕下後的痕跡。

不過，一回想起老闆剛才那冷漠帶刺的態度，紗月就覺得希望渺茫。

❷和服褲裙。
❸柳樹花紋的編織方式。

「這種時候不如就以退為進吧……該怎麼說呢？既然妳明說希望在這裡工作卻遭到拒絕，那麼就先以顧客身分上門試試如何？」

對方送了個秋波，神情淘氣地這麼建議。

「……說得也是。只要我以客人身分前來，他就不能擺出那麼刻薄的態度了。」

「沒錯。如果想在這裡工作，首先只要跟他變得更熟就行了。」

對方這番話令紗月重新鼓起勇氣，她轉換心情，正打算向那名路過的美男子致謝——

（……咦？）

在紗月再次看過去時，對方已經不在自己身旁了。

她吃驚地左顧右盼，環顧周遭找尋對方突然間消失的蹤影。

（……完全不見人影。）

即使當下立刻邁出步伐離去，再怎麼說也該看得見身影。然而就算紗月毫不遺漏地環顧商店街的左右，也遍尋不著對方的蹤影。

這種情況用「消失」來形容或許更為貼切。簡直就像是親眼目睹村裡流傳的古老傳說「神隱」一般。

（而且，我有告訴過那個人……我想到這裡來工作的事嗎？）

紗月突然感到渾身顫抖。

「難道是幽靈？不會吧。」

自己天生並沒有靈感應力，也從來沒有撞鬼的經驗。在她國中時代還流傳過「只要二十歲為止什麼都沒看見，就一輩子都不會看見」這種無憑無據的傳聞，如果那是事實，這就是自己想太多了。

紗月雖然稍微感到無力，但呆站在原地也無濟於事，總之今天她決定乖乖回家。

如同路過的美男子所說，為了跟鴉翅堂書店的老闆熟稔起來，首先就以客人身分光顧吧。這或許是一條捷徑。

翌日，在整理完搬回家的行李並探視外婆後，紗月在下午五點左右，按照美男子的建議以客人身分造訪鴉翅堂書店。

「打擾了。」

老闆一見到紗月就拉下臉來，並別過視線。

「啊，請別無視於我喔。」

她雖然這麼說，但對方甚至連個回應都沒有。

「那就算了，那我就擅自打擾了。」

紗月裝作沒有看見他的表情，旁若無人地走進店裡。

「喂。」儘管老闆出聲叫喚，紗月也不理不睬，逕自拿起一本書。

她過去雖然看過許多書，但這裡盡是些自己從未見過的書名。紗月隨意翻閱，古書特有的氣味就傳了過來。隨著新的發現增加，想在這裡工作的強烈欲望就愈發刺激著她。

「我應該說過，我並不打算僱用妳。」

雖然紗月反射性想說出「是你認識的人建議……」這樣的話來，又因為不想被對方認為自己別有用心而得罪他，於是決定先不提這件事。

「我今天是以客人身分光顧的，你總不會趕客人回去吧？」

紗月如此抗議，老闆就「唔……」地為之語塞。

「妳啊……看來妳的個性可真好。」

老闆這麼說，看似煩躁地交抱手臂。

看來自己打一開始就決定以這樣的身分造訪的算盤成功傳達給對方了，紗月呵呵地露出笑容。作戰成功。

「老闆，你有什麼推薦的書嗎？」

紗月一詢問，老闆就沉默下來，目不轉睛地望著她。他那深邃的黑色眼眸彷彿能看穿一切，令紗月感到吃驚。自己明明沒做什麼虧心事啊。

「請、請問……」

紗月忍不住想插嘴時，老闆就像要打斷她的話一般搖搖頭。

「我看不見妳的渴望，所以什麼也無法推薦給妳。」

他那聲音宛如等待著吹熄蠟燭一般細小。

紗月偏了偏頭。

他究竟在說什麼？自己明明只是請他推薦書籍而已。

「這就是我的原則，我無法隨便推薦顧客東西。對於沒有期望的人，我不會開處方。」

「處方是指……」

如果是指開藥也就罷了，但他是將書當作處方。他所謂的開處方就等於推薦書籍嗎？如果是這樣還能夠理解，但「什麼也看不見」這種聽起來像占卜師會說的話令人相當在意。

「這裡收藏的書會選擇渴望自己的主人。這並非偶然，而是必然。妳不久後應該也會找到吧。」

並非由人來選書，而是由書來選人……真是有趣的想法。這種情況或許確實存在。書或許會配合人的心情，比如說「我想看痛快的青春故事」或「我想閱讀讓人感動落淚的戀愛故事」這類的情緒，讓人拿起自己。

這也能解釋成「實際上是書籍在呼喚著人」。或許是人會下意識地挑選自己想要的事物。

這就是老闆所說的「書會選擇主人」的比喻嗎？

不過，不曉得是不是因為他散發著不可思議的氛圍，令紗月總覺得他是在暗指其他的事。

「既然如此，我會被呼喚來這間鴉翅堂書店，不也是必然的嗎？」

「必然」這個詞彙，令老闆瞬間震了一下。

紗月環顧店裡，同時補充：

「不知道為什麼，我非常想在這裡工作。如果借用老闆你的話來說，這不就是被選擇了嗎？」

她不著痕跡地試著推薦自己，老闆在凝視著紗月好一會兒後，就像在說「愚蠢到家」般哼了一聲。

「妳這是現學現賣。別擅自解釋成對自己有利的方向。」

示範「要怎麼解釋取決於如何理解」的人明明就是他自己，這人真是冷淡。

紗月聳了聳肩，打算隨意從附近的書架上取下一本書。那是本紫羅蘭色、裝幀十分美麗的書，看來應該是本和歌集。當她正想確認書名時，身後傳來店門開啟的喀啦聲響，一名老婦人走了進來。

對方看來年約七十，略微駝背，右手拄著拐杖支撐著蹣跚的步履。老婦人挺直背脊環顧店內。她似乎被塞滿書籍的書架氣勢所壓制，視線不知所措地四處游移。

「嗯~真傷腦筋，究竟該從哪裡看起才好？」

「如果可以，請讓我來幫妳的忙吧。」

紗月將手中的書放回架上，幾乎是下意識地向老婦人搭話。

「哎呀，真是太感謝了。」

老婦人欣喜地露出笑容。

此時，紗月感覺到背後散發出冷空氣般的氣息而背脊發涼。老闆正狀似不滿地看著自己。

（糟了……）

擔任書店店員時根深蒂固的習慣，似乎令自己在不知不覺間無視於老闆，插手管了閒事。

然而，如果是老闆本人，想必在老婦人傷腦筋時也不會主動開口；要是他用像剛才那樣的態度冷漠地對待老婦人，那她就太可憐了。只是聽對方說說話，應該不至於會遭到責難吧。

「請問妳在找怎樣的書呢？」

紗月決定裝作沒有看見老闆的神情，詢問老婦人。

「是這樣的，我孫女從東京返鄉來待產，因為似乎快生了而住進醫院，但好像還要拖上一陣子，這段時間曾孫則住在家裡。我雖然鼓勵他說：『你要當哥哥了，在妹妹出生之前要加油喔。』但似乎沒什麼效果，於是就想找本書來讓他讀……不過這裡應該沒有戰隊類型的書吧？真傷腦筋。」

老婦人嘆了一大口氣，看來似乎真的很困擾。

「事情經過我明白了，不過，就算不是新書一定也沒問題的。讓我們來找找妳曾孫沒讀過的書吧？請問他今年幾歲？」

「他剛滿四歲，伶牙俐齒又任性。家裡雖然也有書，但因為那是給兩歲兒童閱讀的書籍，他似乎很不中意，還說『我又不是小嬰兒』；晚上也不肯乖乖睡覺，直抱怨說沒書看就不睡覺。」

「是這樣啊，那麼……這本書如何呢？」

雖然紗月並未明確掌握每一本書的位置，但仍挑出她一眼看見的《小小熊的夜晚》這本繪本。在深藍色書衣的正中央，繪製著一隻黑色小熊，牽著身穿睡衣的男孩的手。

小時候讀過這本書的紗月因為感到懷念而微笑。

『媽媽，我跟妳說……』這個故事在男孩入睡前，對媽媽說話的時候揭開序幕。昨晚出現了一隻名叫「黑夜」的黑色小小熊，男孩決定與黑夜一起尋找牠的媽媽。但是，他們無論怎麼找都找不到黑夜的媽媽，小小熊終於哭了起來，漆黑的眼淚讓周遭也變得一片漆黑。

『流星！請幫幫忙！』男孩這麼大喊，並抓住突然間出現的流星，這才發現黑夜的媽媽竟然就在流星另一端！原來就是牠在變得漆黑的夜空裡，甩出釣竿救了他們的。終於與媽媽重逢的小小熊也由衷鬆了一口氣地露出笑容。於是，黑夜小小熊就這樣擁抱著能待在媽媽身邊的幸福感，與男孩一同夢想著愉快的明天而入睡——就是這樣的一個故事。

紗月還記得自己在閱讀這本繪本時，也跟男孩一起鬆了口氣。

既然是四歲的男孩子，想必還是想向母親撒嬌的時期。會耍任性或許是寂寞的表現，無法入睡則是因為想念母親的溫暖吧。雖然知道他正值喜歡熱鬧戰隊故事的年紀，但正因為是這種時候，紗月才想讓他看看繪本。

「只要讓他閱讀這本書，想必妳的曾孫就能在夢裡愉快地冒險，並在早上懷著溫暖的心情醒來喔。」

這本繪本雖然因為在翻頁時不夠謹慎而破損，但現在已經仔細修補完成了。翻開最後一頁，可以看見男孩子安心地在母親身旁入睡的插畫。

「『不要緊，很快就能跟媽媽見面了。』請妳這樣鼓勵他吧。」

看見老婦人的雙眼溫柔地瞇細，紗月的臉頰也跟著和緩下來。

「說得也是，那麼我就買下這本繪本吧。」

這句話令紗月笑逐顏開。

「謝謝妳！」

「不，該致謝的是我才對。我原本十分慌張，託妳的福才鬆了口氣。小姐，謝謝妳。」

老婦人露出更加柔和的微笑。她想必十分疼愛曾孫吧。

「這裡有許多繪本，請再帶妳的曾孫一起來看看喔。」

「好的，好的。」老婦人和藹地頷首。

在紗月大感滿足後，這才因身後一股冰冷的視線回過神來。老闆一直在盯著她們看，那想說些什麼的視線刺了過來，令紗月縮起肩膀。自己或許實在是多管閒事過了頭。

「啊，那麼，請到這裡結帳。」

紗月不著痕跡地指引老婦人前往老闆所在的櫃檯前。

「好好好。」

老闆收下老婦人支付的金額後，將繪本裝進手提袋裡交給她。老婦人拄著拐杖走向書店出口，這次紗月則克制地站在老闆前方送客。

「真的是幫了我大忙，謝謝妳。」

老婦人稍微伸長背脊，有禮地致謝。

「不會，希望他會喜歡，路上小心！」

紗月也回了回禮並揮著手，直到看不見老婦人身影後才放下。

隨後，紗月戰戰兢兢地看向老闆。他此時正交抱著雙臂張腿站立，受到那過於有魄力的氣勢壓制，紗月感到倉皇失措。

「呃……對不起，我明明不是店員，卻還擅自做出這種事來。」

她沮喪地縮起肩膀。

「就是說啊。」老闆嘆了口氣。

自己說不定會被趕出去，這下子肯定不會被錄用了。不僅如此，或許還會被列為拒絕往來戶……紗月做好了心理準備。

「不過……實現了婆婆心願的人是妳沒錯。」

然而老闆卻有些沒勁地低聲咕噥，看向抽出一本書的書架空位。紗月的視線跟著望去，只見老闆開始隨意抽出幾本繪本，並將書封正面朝外排列。

他將《暴風雨的夜晚》、《古利和古拉》等系列，以及《活了100萬次的貓》、《哭泣的紅鬼》等名作一一陳列，最後將《猜猜我有多愛你》這本繪本擺在正中間。雖然每一本書都既陳舊又帶有傷痕，但如今都修復得很漂亮，傳達出有許多人閱讀過的訊息。

紗月以驚人氣勢詢問老闆：

「難道說，你這麼做是為了讓老婆婆下次光臨時方便尋找？」

老闆斜瞥了氣勢驚人的紗月一眼，似乎略顯尷尬地默默整理著。

「……不經意地上門的顧客，會因為被書籍選中，自然而然地抽出自己眼前的那本書；而就連這點都不清楚，遍尋不著目的的顧客，就會需要加以建議。這可以說就是店員的工作吧。」

「以現代流行的說法，就是『書店禮賓接待員』吧！既然如此，一定也有我可以幫上忙的地方……！」

紗月這麼說著，下意識拿起《獾的禮物》這本繪本。「這本我也很推薦喔！」她幹勁十足地正想幫老闆的忙，卻不小心碰到了彼此的手。在指尖碰觸到的那瞬間，彷彿有股靜電竄過，令她縮回了手。

她在極近距離下與老闆四目相對，心臟怦怦地狂跳。接著，紗月這才冷靜下來整理頭緒。

（我搞砸了嗎……？）

積極過頭了。這麼一來，他又會逃跑吧。自己今天明明沒有那個意思，卻不由得開心地提起了幹勁。紗月的背後冷汗直冒。

「妳不是說自己是以客人身分光顧的嗎？」

老闆以銳利的視線貫穿紗月，令她肩膀抽搐。

「是、是的。」

老闆將紗月手中的書抽走，她向後退去。然而背部卻撞上沒有平臺的書架，令她無處可逃。

「呀啊……」

老闆的手咚地擺到紗月耳邊，形成完全將她包圍的姿勢。紗月在老闆身下戰戰兢兢地凝視著他端整的容貌。

當對方在如此極近距離下看著自己，令紗月下意識心跳加速了起來；然而與滿臉通紅的紗月成對比，老闆冰冷的表情，轉眼間就像惡魔般扭曲。

「很遺憾，我不認為妳毫無居心，妳可別以為能騙得了我。」

紗月連忙否認。她的心臟此時也像要蹦出來似的怦怦作響。

「怎麼會，我沒有騙你的意思！」

老闆露出掃興的表情繼續追問：

「那是怎樣？因為不被錄用，所以想藉由妨礙營業來出氣嗎？」

「什麼？真過分，才不是呢！如果我的目的像你所說，就不會像剛才那樣推薦書籍給老婆婆了吧？我只是很好奇店裡究竟收藏了哪些書，想了解店裡的氣氛而已。再說，我也沒有放棄。在你答應僱用我之前，我還會繼續光顧……啊！」

在她目不轉睛地盯著瞧的黑色眼眸中，透進一絲昏暗的光線。

「原來如此，還真有骨氣啊。」

他哼了一聲。紗月在心中暗叫不妙。

自己應該再懂得伺機談判一些才對。

「這本書作為回禮，妳回去吧。」

這決定性的一句話，讓紗月用接下的繪本擋住臉龐，沮喪地垂下頭來。

（我真是笨蛋，大笨蛋……！）

自己老實過了頭，老實到簡直跟個笨蛋沒兩樣。這麼一來，與其說是回到原點，不如說肯定徹底惹對方討厭了。

老闆默不吭聲了好一會兒，浮現傻眼的神情，接著誇張地嘆了口氣。

「妳今天先回去，明天起再過來。」

「咦？」

紗月睜圓雙眼。老闆看也不看她一眼地繼續說道：

「我的意思是，總比妳一再上門死纏爛打得好。」

「意思是你願意僱用我嗎？」

「……我話說在前頭，如果妳派不上用場，我會立刻解僱妳。」

「謝、謝謝你！我會好好努力，避免發生這種情況的！」

「在店裡安靜一點，吵吵鬧鬧的令人困擾。」

「對不起，我太開心了。」

紗月按捺住過於亢奮的情緒，深深呼吸之後詢問：

「請問老闆，可以請教你的名字嗎？」

「……我姓影野。」

「那麼，影野先生，想跟你確認，我明天幾點過來比較好呢？」

「隨便妳。」

老闆冷淡地這麼回答，令紗月撲了個空。實在是太隨便了。

「……呃，請問書店幾點開始營業呢？」

「這間店會從中午隨興地營業到晚上。妳不是要探病嗎？只管把事情辦完，過了中午再過來如何？」

影野就像是對提問攻勢沒轍似的如此提議。

「我明白了。那麼，從明天起請多多指教。」

紗月用力地一鞠躬，影野就像總算放下肩頭重擔般露出鬆口氣的神情。紗月看向他的側臉，他的嘴角似乎有一瞬間微妙地揚起，不曉得是不是自己的錯覺。不過，搞不好他真的對紗月抱持著些許期待。這麼一想，胸口就開心得突然熱了起來。

紗月致謝後，就立刻離開了書店。她想在對方說出「還是算了」這種話之前撤退。

雖說已進入四月花季，但山裡依舊寒冷。在這種季節裡卻身穿開襟和服、個性頑固而難以親近、有點奇怪的老闆——即使如此，似乎仍有視情況而通融的一面。

如同那名路過的美男子所說，他一定只是態度不親切，但其實並不是個壞人。

紗月興奮地想像起自己在鴉翅堂書店的書籍環繞下生活的每一天。

雖然喜歡剛印刷完成的新書氣味及平整紙張的觸感，卻也喜愛古書那特殊的氣味及褪色的懷舊氛圍，那會令人懷念且內心溫暖，而又有些傷感。這種會引發人鄉愁的事物令她感到愉快。

在頭一次見面時，老闆曾說過那是他出於興趣而收集的。倘若如此，他究竟有多麼愛書呢？雖然感興趣，但總覺得對方一定不會輕易透露。

雖然關於打工一事，算是有點半強迫而達到目的的，但總之對方願意僱用自己真是太好了。首先只要一點一點地與對方拉近距離即可。

紗月立刻就開始期待從明天起上班的事了。

仰頭眺望，暗紅色與藍色半融合而成的漸層天空在眼前擴展開來，在西方的透馬山正上方，渾圓的滿月正綻放著柔和的光芒。

徐風拂過紗月泛紅的臉頰，令她及肩的髮絲飄起。風裡帶有甜美的春天芬芳。

（如果下次再見到那個人，一定要向他致謝。）

不曉得從哪裡飄來的櫻花花瓣隨風飛舞。

簡直就像在為紗月舉杯祝賀般。

翌日，紗月在下午一點前一刻造訪「鴉翅堂書店」，老闆影野依舊身穿和服坐在櫃檯。

穿和服是他的興趣嗎？還是用來代替工作服？要是他叫我也要穿和服該怎麼辦？我不曉得該怎麼穿，要不要緊啊？

紗月一邊想著這些事，喀啦喀啦地推開店門。

「午安，今天起要受你照顧了。」

她雖然以很有精神的聲音打招呼，但影野似乎專心埋頭於書中，沒有聽見。

看來他似乎是個相當程度的書蟲啊。櫃檯上堆著幾本紅褐色書背的古書，他現在應該正在閱讀其中一本。

「影野先生，辛苦了。」

她走到影野眼前打招呼，他雖然抬起頭來，卻像穿透紗月望著遠方幻影般瞇細雙眼。

「影野先生？」

紗月感到疑惑地偏了偏頭，影野這才回過神來，砰地闔上書本。

「怎麼，妳真的來啦？」

「我來啦，畢竟約好了嘛。」

紗月略感不悅。

她明白影野並非由衷歡迎自己。然而不論過程，身為老闆的他毫無疑問地已經同意僱用自己，因此從今天起，紗月就是鴉翅堂書店的一員了。

「今後還請多多指教。」

紗月斂起神色致意。「拿去。」影野遞出一件朱紅色圍裙給她。這出乎意料的禮物令紗月吃驚地臉頰泛紅。

「哇！好棒……這是給我的？」

「除了妳以外還有誰？」

影野態度不親切地說。

對喜愛低調色系的他而言，這件圍裙相當可愛。胸前繡有和服花紋般的櫻花圖案，是年輕女性會喜歡的設計。

她輕撫花紋，圍裙散發新染料的氣味。儘管是昨天才決定的事，影野還是特地替紗月準備了圍裙，沒想到他會為自己做到這種地步，紗月感覺到胸口湧上一股熱度。

「沒想到你今天立刻就替我準備好制服了，真令人開心。我會珍惜使用的！」

紗月露出笑容，將圍裙抱在胸口。

然而影野卻冷漠地回答：

「那只不過是在商店街收到的贈品，誰會為了妳特別準備啊？」

他無情地這麼說，令紗月失望地垂下肩膀。

「說得也是……」

雖然紗月不由得乾笑起來，即使如此，影野依然確實是在等待自己過來，所以她還是很開心。

紗月的嘴角和緩下來，影野尷尬地撩起髮絲，以略顯傻眼的神情催促紗月：

「妳要發呆到什麼時候？穿上圍裙後就去打掃，同時記住書籍的位置。」

影野說完，就冷淡地轉過身去。而紗月則遵照吩咐穿上圍裙。

「知道了，請交給我！」

紗月按照影野的要求，立刻著手整理起前方的書架。

這麼說來，自己在剛當上書店店員時，也是用這種方式記住書籍位置的。

（為了早日獲得影野先生的認同，我得加油！）

其實紗月有項特技，那就是能夠在短時間內記住書籍位置。她的記憶力很好，只要看過一次書名及書封圖或圖案，就能大致掌握住。

自己沒有十歲前記憶的事，簡直就像假的一樣——她心想。還是說這是人類身體所具備的治療能力，用以彌補欠缺的記憶呢？

在繞完店裡一圈後，紗月的目光停留在櫃檯後方堆積如山的書籍上。那是無處可放的書，還是預定要修復的書呢？無論如何，看見被裝在紙箱裡乾放著的書籍，她就會職業病發作，而忍不住想做點什麼。

「影野先生，那些書不拿出來嗎？」

該不會是看似有所堅持，其實相當漫不經心吧……紗月一邊想著，同時伸手打算去拿從紙箱裡滿出來的書籍，「不必。」卻受到影野的牽制。

「這些書有些狀況，所以先放著就好。我打算等時機成熟再拿出來。」

由於影野說出意味深長的話，紗月不由得歪頭。

「有狀況？」

而且所謂的時機是何時呢？

「不用管這裡，妳到店面前方去吧。」

「我知道了。」

影野不著痕跡地打發走紗月，看來不太希望她碰那些書。他似乎是個祕密主義者。紗月雖然依然有些在意，還是回到自己的崗位上，一邊仔細清理店裡的書架，一邊環顧周遭。

只要一碰觸到書，就會有各式各樣的情感一湧而上。這一方面自然是因為紗月本身有些傷感，不過她也認為所謂的古書會留有許多人碰觸過的記憶。想必不僅是出於「不再需要」這樣的原因，而存在著某些邂逅或別離——她有這種感覺。

「這麼說來，妳曾經說過『復健』之類的話啊。」

「已經不要緊了。如你所見，我現在非常有精神。」

影野這麼一說，紗月就如此強調。

「妳第一次走進這裡時，看起來可不是那樣。」

然而他這番話令紗月吃了一驚。他那漆黑的眼眸果然看透了一切。

「那是因為……發生了許多事，一言難盡。畢竟我都二十五歲了，也經歷過不少事啊。」

由於一回想起來就會感到難受，紗月在心裡唸著「不會痛、不會痛」的咒語。然後她深呼吸一口氣，避免自己回想起在東京遇過的事。她想要有所改變；想要取回因為戀情受傷時的，發自內心的笑容；想要邁出新的一步——紗月這樣想。

「我被交往四年的男朋友甩了。他是我在書店任職店員時的前輩，卻跟其他後輩劈腿，還有了孩子。是我太相信他說『會娶我』的話了，我對戀愛太過盲目，該說是為了談戀愛而戀愛嗎……別說是前男友，我想我連自己也搞不懂。」

在經過一陣沉默後，影野平靜地開口：

「所以妳才會辭去書店店員的工作，回到故鄉來嗎？」

他尖銳的提問令紗月苦笑。

「如同書籍會被交到需要它的人手上，妳所需要的人，總有一天也會出現在妳面前的。」

影野這麼說，目不轉睛地看著紗月。只要看著他澄澈的眼眸，就會明白他並沒有在揶揄自己。由於自頭一次見面起，他總令自己狼狽不堪，這番鼓勵的話語讓紗月感到吃驚，同時也有股舒服的溫暖在胸口擴散開來。

原本如疙瘩般殘留的痛楚，因為這樣一句話而煙消雲散。然而影野一臉認真地說出那般浪漫話語的模樣，令紗月感到有趣而不由得笑出聲來。

「這是『王子殿下總有一天會出現』的概念嗎？雖然我已經不是會作夢的小女孩了，不過我還可以耐著性子再等等看嗎？」

雖然紗月半開玩笑地這麼說，影野的表情卻完全沒有改變。他既沒有嗤笑也沒有挖苦她。

「妳還有想做的事吧？一直被那種跟妳無緣的男人耍得團團轉就太蠢了，自己的人生可是只有一回啊。」

自己的人生只有一回。

紗月珍惜地聽取這句話，在心中數度咀嚼。

「說得也是。既然如此，我就得更努力了。」

紗月提起幹勁，從一座書架移動到下一座書架，仔細整理書籍。這時，她發現有些原本應該按照作者名字排列的書籍擺在錯誤的位置。

她爬上放在一旁的梯子，想將這些書一口氣抽出來，但書籍出乎意料地重，令紗月暗叫失敗。上手臂顫抖著，就算想把書先放回架上也使不出力。就在這時候，她的身體晃了一下，失去了平衡。

（哇，要摔下去了！）

紗月在心頭一涼的瞬間連忙抱緊書籍，這雖然是好事，但這麼一來卻無法支撐住自己的身體。她緊閉住雙眼，做好撞上地板的心理準備。

「……笨蛋，危險！」

影野的聲音傳來，緊接著，書籍啪噠啪噠地從書架上掉了下來。

在沉重的書籍接二連三地敲到紗月的後腦杓、肩膀及手背上之後，身體感覺到落地的衝擊，不過完全不覺得疼痛。她怯怯地睜開雙眼，發現好幾本書散落在自己腳邊。而紗月的身體則躺在影野的臂彎裡。

他的臉近得令人感到吃驚，讓紗月滿臉通紅。

兩人的瀏海貼在一起，只要稍微一動，彷彿連嘴唇都會碰觸到。

「對、對不起。」

沒想到影野會接住自己，紗月大為動搖。

「妳啊，真是……」

影野隨即露出駭人的表情。啊，這下慘了——紗月心想。自己馬上就搞砸了，或許會惹他發怒。

「很、很抱歉。影野先生，你有沒有受傷？」

「這點程度還不打緊。與其擔心別人，不如管好妳自己，真是的。才剛想說妳那麼做很危險，結果馬上就……有幹勁是好事，但還是要適可而止，笨蛋。」

對方明明是在斥責自己，紗月卻思考起多餘的事來。該怎麼辦才好？傷腦筋的是不能讓他看見自己的臉。為了避免被影野看見自己滿臉通紅的模樣，紗月低下頭去。

「真的非常抱歉。還有，謝謝你接住我。」

「好了，我要放手了。」

影野傻眼的嘆息從頭頂上方傳來。

「好、好的。」

紗月的心臟好久沒有跳得這麼劇烈了。不同於碰上可怕的事，自己是因為面對異性的怦然心動感而內心小鹿亂撞。

（嚇……嚇我一跳。他明明那麼討厭我，卻還是……幫了我。）

影野的外表看似纖瘦，但摟住紗月的身體意外地結實精壯。第一次見面時，他雖然給人一種中性、甚至無性別的感覺，但並非如此。他確實是個不折不扣的男人。

隆起的喉結以及低沉的聲音等特徵這才輸入紗月腦中，就突然變得那麼清晰立體，讓她清楚意識到這一點。雖然想著必須趕快退開，卻使不上力。

「小心對待書籍。我應該說過，妳如果派不上用場，我會立刻解僱妳。」

「是……我今後會注意的。」

紗月不敢看向影野的臉，總之先道了歉，就立刻迅速撿起掉落的書。

「真沒辦法。」影野說完，也跟著一起撿書。包括他剛才接住自己的事在內，他出乎意料的溫柔令紗月亂了步調。兩人的指尖不時相觸，又讓她想起剛才的事而臉頰發燙。

「好了，這些也一起拿去整理。」

影野這麼說，將書接二連三地在紗月面前堆起，堆到能一人拿起的高度。紗月則眺望著他的側臉。

影野的年齡不詳。這麼說來，他只有講過自己的姓氏，紗月連他的名字都沒聽說。從外表看來應該比紗月大個兩三歲。他究竟會跟怎樣的人交往呢？這人既冷漠又總是板著臉，講話隨時都帶著刺。紗月完全無法想像他跟某個人談情說愛的模樣。不過，畢竟他莫名散發的性感男性魅力仍令人心頭小鹿亂撞，似乎也不能斷言他完全沒談過戀愛。

（既然他真的很喜歡和服，對方該不會是個和服美女吧？）

「喂，妳有在聽嗎？」

影野那端整的臉龐湊近到令人吃驚的距離，紗月不由得彈了起來。

「哇！沒、沒事！呃，這個～是這本書對吧？」

對方狠狠地白了自己一眼，紗月的背後開始狂冒冷汗。

「真是的，自信滿滿地跑來打工，結果是這樣？」

影野一臉傻眼，紗月則「唔……」地為之語塞。他說得一點也沒錯，自己完全無法回嘴。原本想轉換心情好好加油，結果才提起幹勁就立刻失敗連連；不僅如此，還突然在意起影野來，未免也太丟臉到家了，必須調整心情才行。紗月輕輕甩頭。

「給我改改妳那蒙著頭往前猛衝及少根筋的個性。之後就算再發生今天這種情況，我也不會幫妳了。」

他說完還補了充滿諷刺的一瞥，令紗月紅著臉縮起肩膀。

「是……我知道。」

紗月這麼回答，就說著「好」地挽起袖子。出乎意料地，託影野的福，自己原本鬱悶的心情一掃而空。

今後……就慢慢地藉由時間拔除內心的刺吧。我的人生並不屬於任何人，而是屬於自己的。每個人之間都有所謂的緣分，她與前男友之間一定是緣分已盡，僅此而已。

紗月看著影野漂亮地排起書來，心想著「我也得向他看齊」，為自己打了打氣。

此時，店門隨著令人愉快的喀啦聲響開啟。

「歡迎光臨！」

紗月用丹田喊出爽朗的聲音。

好，重新來過吧。

我要在這間鴉翊堂書店，重啟屬於我的全新人生。

第二話　弄亂書本的妖怪

「影野先生，你的頭髮上黏著奇怪的東西喔……」

紗月忍不住對坐在櫃檯處沉迷地翻著書的影野開口。

「嗯？」影野猶如大夢初醒般轉向她，一臉讀書受到干擾而略顯不悅的神情。紗月當然也不想開口，但她覺得任由老闆將「書籤」掛在頭上，實在不太恰當。

他應該是邊翻著書，邊打算在看個段落之後夾入書籤吧。不過專心讀著讀著，就成了用拿著書籤的右手拄著臉頰的姿勢。綁在書籤上的硬鐵絲或許就是在這時候勾到髮絲並垂掛上去的。

紗月雖然從剛才起就一直很在意那是什麼，卻提醒自己不可以打擾對方。只是她最後實在無法忍耐，在繞了書架一圈後走了回來。

紗月忍俊不住地噗嗤笑了出來，結果影野就愈發不悅地板起臉。

「怎樣，為什麼突然笑起來？」

看來紗月方才所說的話並未傳進影野耳中。

「所以說，書籤……那個，掛在你的頭髮上了。」

雖然閃過直接替他取下的念頭，但為了讓影野了解情況，紗月還是先拿鏡子轉向他。如此一來他才總算明白過來，影野一瞬間露出吃驚的神情，隨即拔下書籤。

「這種事又不是大問題。」

「問題可大了，如果讓人認為老闆是怪人，顧客就不會上門了。」

「我可不想被怪人說我怪。」

影野雖然還是一如既往地不和善，但在惱羞成怒的同時，想必也有些難為情。「是是是。」紗月聽過就算地撤退，但還是覺得他相當有趣而偷偷抖著肩膀笑著，發現這點的影野就更顯不悅。

透馬村引以為傲的黃櫻也過了花季，此時正值清爽和風拂過新綠林木的季節。從紗月開始在鴉翅堂書店工作，很快地就過了一個月。書店的營業時間是上午九點至晚上八點，而她的打工時間是下午一點至晚上七點；且如同紗月的提議，雖說有相關經驗，但目前還在試用期間。

影野每週會為了進貨而外出一次，但並沒有具體告知是到哪裡去。他是個徹底的祕密主義者，紗月依然只知道他的姓氏以及他是老闆的事。距離雖然似乎拉近了一些，對方的態度卻依然冷淡。

店裡大約一兩個小時內會有幾位零星的客人上門，但由於多是自行隨意挑選購買，紗月目前還沒有什麼當禮賓接待員的機會，而且也不曾看過影野推薦誰什麼書籍。客人會詢問的，頂多只有各類型書籍的陳列位置而已。

紗月的主要工作只有整理書籍與打掃，也因此已經完全掌握了書架的位置。

偶爾會有一些國中生來購買一大堆推理小說；也有女士會來詢問早期的言情小說。

由於這裡是古書店，不像紗月以前任職的城市大型書店會立刻補齊新刊，空下來的部分就要立刻重新整理。

所以，只要一有凌亂或遺漏，她就會立刻察覺並隨時整理，同時下工夫調整得讓客人方便取書；如果發現書籍損傷，她就會報告影野，也會協助修復。

在擔任書店店員時，一天之中至少會有一兩個十分繁忙的時段，但在這裡，時間流逝的速度總是相同。

（哎，畢竟是鄉下的古書店，這也難怪……）

紗月嗅著古書店特有的氣味，兀自感到療癒。

工作雖然悠閒，但紗月並不感到無聊。她會漫不經心地望著影野在櫃檯十分清閒的模樣。他大多時間都會當個書蟲，沉浸在書裡數個小時，甚至連書籤勾在頭髮上都沒有察覺。看著他這副悠然自得的模樣，自己的內心也會感到溫暖而沉靜。

「沒有顧客上門呢。」

「……都是這樣，不滿意的話，妳要辭職也行。」

影野頭也不抬地回答，接著壞心地瞥了她一眼。

「沒有人說那種話啊。」

紗月不太愉快。難不成這是針對剛才那件事的報復嗎？

但是認真地說，在這種情況下，他真的足以靠經營書店為生嗎？

雖然是紗月請他僱用自己，這麼說或許有些失禮，但她認為既然並不是販賣古董等級的商品，單靠經營古書店想賺取生活費似乎有些難度。

直到不久前，影野才表示「形式上還是需要簽訂僱用合約之類的文件」而讓她填寫資料，但那並非時下常見的電腦打字文件，而是手寫文句，甚至還是行書體，總令人有些不安。

對紗月而言，自己現在是以復健名義打工，賺錢並非首要目的所以無妨。不過單純因為影野的私生活過於成謎，才使她在意得不得了。

某天，紗月詢問影野為什麼要穿和服，卻被對方回以一句「這與妳無關」。她想起之前那名路過的銀髮美男子，愈發在意起兩人之間究竟是怎麼樣的同好關係。

然而，如果紗月打算深究下去，影野就會露出不快的表情。老闆好不容易才答應僱用自己，萬一惹他不悅而被趕出去就傷腦筋了，於是後來她就盡量自制。

某一天——

或許是因為隨著人稱黃金週的大型連假來臨，有許多人返鄉的緣故，店裡一反常態地相當熱鬧。

想必是為了挑選可以在電車或新幹線上閱讀的書籍吧。紗月與平時一樣，只要書架一亂，就會重新排列好讓客人方便拿取。然而……

「不對勁。」

紗月不由得低語。

她現在所在的位置，是放置女性向言情小說及早期淑女漫畫等書籍的區域。

若要說起哪裡不對勁，那就是她前天、昨天及今天明明都整理過這個書架好幾次，書籍的位置卻頻繁地改變。

如果只有一兩本書移動到別處並沒有那麼稀奇。中途對原本想買而挑選的書籍失去興趣，或是轉而對其他書籍感興趣，而把手上的書就這樣留在眼前書架上而非歸位，這種情況相當常見。

但紗月會感覺到異狀，是因為發現有同一位作者的整個系列都被特地移到其他架上。而且並不是全部擺放在一起，而是一本一本地像樓梯踏階般交錯著擺放，簡直像在以某個位置為目標移動著一般。給人一種某人刻意一邊一步步移動一邊閱讀的感覺。

然而，如果想站著翻閱，一般都會在該書的櫃位前閱讀，而不會做出特地移動到另一區，下一本又移動位置閱讀的麻煩舉動來。而且每本書之間的距離還愈來愈遠。

（嗯～是我多心了嗎？）

紗月雖然難以理解，總之還是將書籍依系列全數抽出，再小心翼翼地放回原本的位置。

沒想到，接下來的日子裡卻又一再發生相同的現象，令紗月束手無策，並在最後確認情況果然有些不對勁。

這是因為她發現有理應不是店內書籍的書，擺在有疑慮的書架上。

在眾多書背因日曬等原因褪色的書籍中，有一本書如純白婚紗或鑽石般顯眼地閃耀著光芒。

那是《妳與天象儀》的第七集。是最近嶄露頭角的少女漫畫家駒川伊織所繪製的青春戀愛故事。

書封上繪製著一男一女的時下高中生，以背對背，看似靠著卻沒貼在一起的距離站在一起，十分可愛。紗月一看到就立刻想了起來。

雖然這並非紗月負責的業務，但當她還在東京的大型書店工作時，曾在預約清單上看過這套少女漫畫的書名。現在仍在雜誌上連載，第六集一月才發售；而第七集則是在紗月離職前，列在三月上旬預約清單上的新書，不會錯的。

（為什麼會在這裡呢？）

紗月「嗯～」地沉吟，並在腦中列出假設。

一、某個客人誤以為其他客人遺忘的書籍是店內的書籍，而放上書架。

二、是老闆影野從客人那裡收購的新書。

三、客人將自己不要的書放上書架。

（一的可能性比較高，二也不是沒有可能，但三就是我想太多了？除此之外……還有其他理由嗎？）

紗月不由得「嗯～」地低喃，看向櫃檯。老闆此時不在。

影野剛才有事外出了。由於他說十五分鐘後就會回來，等他回來後報告狀況，詢問看看或許比較好。當紗月這麼心想，正要離開書架前時，一名身穿洋裝的嬌小女孩身影突然間映入眼簾。

對方正偷偷窺探著自己的情況，似乎想來瀏覽這一區。看來紗月一直待在這裡造成了妨礙。

「沒注意到妳不好意思，請慢慢瀏覽。」

紗月面帶笑容地打招呼。女孩先是瞬間睜大雙眼，再難為情地低頭致意，隨即快速從紗月身旁經過。她離開後，只留下一股淡淡的甜香。

（咦？她不是想瀏覽這一區嗎？）

紗月有種撲了個空的感覺，雖然想追在對方身後，但那個女孩已經消失了蹤影。

如果對方想找什麼書，只要開口詢問，自己就會幫忙找啦……紗月按捺不住地想，但她隨即回想起影野提醒過的事，呼地輕輕吐了口氣。

『我給妳一個忠告。如果客人像那位婆婆一樣尋求協助時，妳要助對方一臂之力也無妨，但別在客人並未希望協助時也一頭熱地栽進去。也有些人不喜歡被別人打亂自己的步調，禁止在這間店裡惹事生非。』

影野想必是看穿了紗月那悶著頭猛衝的個性，才會這麼說吧。

若是被店員目不轉睛地盯著，客人的確無法放輕鬆逛。而且，如果能讓對方盡情度過一段閒適的時光，並認為這裡是間令人心情舒暢的店，日後或許還會繼續光顧。

女孩果然十分在意紗月的視線，拿書的模樣看起來十分拘謹，於是紗月就移動到其他書架去。

此時因為影野正好也回來了，紗月就立刻去向他報告。

「影野先生，這本書放在書架上，請問你這陣子有進新書嗎？」

影野立刻搖頭。

「我不會向個人收購書籍，而且我收集的書籍主要都是古書。」

「是嗎……說得也是。」

「我雖然會利用門路收集似乎有價值的書籍，但在一般書店也能買到的新刊，就沒有特地進貨的必要。」

確實如此。紗月頷首。

從影野堅持的角度判斷，紗月也明白他所收集的，是以具有古董價值及稀有性的「古書」為中心。雖然並非完全不收購較近期出版、淪為便宜貨的古書，但如果以漫畫舉例，他只會收藏一九六〇年代至七〇年代發行的《凡爾賽玫瑰》、《王家的紋章》、《窈窕淑女》等系列的首刷，而不會收集已改編動畫、戲劇、電影等堪稱最新流行的書籍。

也因此，好評連載當中的系列作新刊，在這裡就像是不合時宜的新雪般顯眼而閃耀。

「既然不是遺忘的物品，就是客人將基於某些原因變得礙事的書留在這裡了吧。偶爾也會發生這種事，妳不用在意。」

影野的表情沒有改變，理所當然似的虛應。

「雖然我也這麼想過，不過真的會有這種事啊？」

「如果是竊賊就必須逮捕，但既然是對方主動捐贈，就沒有懲罰的必要了。只要放回原處即可，出乎意料的，有時原主人也會很快就來取回。」

「不過，如果對方沒有回來拿怎麼辦？要擅自販售不屬於書店的書籍，向客人收取金錢嗎？」

「情況複雜的書籍或許會散發出有些隱情的氛圍吧，所以大多難以賣出。哎，萬一真的賣出了，我會作為捐獻給透馬山神社的香油錢，妳放心。」

影野如此自我辯護。以總是將古書視為古董仔細處理、個性一絲不苟的他而言，這不太像是他會作出的回答。難道是這種情況其實相當常見，以至於司空見慣了？

如他所說，若是將書交到需要的人手上，並將作為代價的買書錢作為香油錢捐獻給神明，對書本而言或許是一種救贖。不過，紗月一消除剛才想到的假設，立刻又浮現新的疑問。

「如果會捐獻給神明我就不會多說什麼，但萬一這是某人從其他書店偷出來的書怎麼辦？如果這是從朋友那裡借來的書怎麼辦？如果是某人將撿到的書拿來放著怎麼辦？」

紗月隨口問起她設想到的情況，影野就一臉嫌麻煩地嘆了一口氣。

「如果確認這是別人偷來的書，到時自然會做相應的處置。就這樣。」

影野雖然看似有所堅持，卻意外地冷漠無情。

「不過，如果不知道原因，總覺得會令人事後感到不快，有些在意啊。」

「我之前也說過吧？好奇心旺盛是無所謂，但不要凡事都一頭熱地栽進去。如果連不屬於自己範疇的事都雞婆地插手，過不久就會出現趁機鑽漏洞的傢伙。妳只要做好妳能做的工作就好。」

「趁機鑽漏洞是指例如什麼情況呢？」

「總之以這次的情況來說，如果是犯人，應該會希望我們置之不理吧。不要在意，不動聲色就是了。我可不想被捲進奇怪的事情裡。」

倘若紗月繼續追問，影野似乎會不爽起來，她於是作罷。

「……我明白了。」

雖然不情不願地回答，但紗月還是無法認同而感到難以釋懷。

擺上一本新刊的原因隱約可以明白了。那麼，連周遭書籍都一起移動的用意又是什麼？如果是遺忘的書籍，只會隨便放進書架吧；如果是想將基於某些原因而變得礙事的書留下，應該會想立刻離開書架區。

還是說，這與一連串弄亂書籍的事件是兩回事呢？既然如此，位置也太過湊巧，時機也太過巧合了。

難道是出於內疚，為了不被發現自己把書遺留才會弄亂書籍嗎？不過，特地如此費工的原因是什麼？謎團愈來愈深。

這時，紗月突然想起那名身穿洋裝的嬌小女孩。她似乎格外在意紗月，並做出不自然的舉動。雖然紗月一開始以為那是店員視線令她不自在的表現，但那不正是感到內疚時的舉動嗎？

（等一等……）

紗月試著仔細回想起那個女孩的模樣。她的身材嬌小，有些駝背，戴著眼鏡，髮型是長至胸前的微捲髮。看起來恐怕比紗月年輕，應該是二十出頭吧。服裝雖然各有不同，但總是戴著同一頂帽子。

（米色帽子，上面有緞帶。對了，為什麼我沒有察覺呢？）

仔細回想，她應該來過不止一兩次。她總是悄然造訪，什麼也沒買就離開。而在她離開後，書架就成了那副慘狀。

（難道就是那個人？）

紗月警覺。如果是這樣，她就是刻意這麼做好幾次了。既不是某人遺忘的物品，也不是想要處理礙事的書籍。單是如此無法說明原因。

對方究竟為什麼要這麼做？

……好在意，非常在意，想要知道原因。

雖然影野叮囑紗月別一頭熱地栽進去，但她還是在意得不得了。

紗月一開始就不是為了鎖定犯人追究到底，只是單純地想明白對方做出這番行為的原因，想知道為什麼非得這麼做不可而已。

還不止一次，而是連續好幾天都上門。考慮到這點，只要沒有查明原因，對方還是會繼續來弄亂書籍，對店裡而言，置之不理並不是好事。

紗月下定決心，等對方下次光顧時要不動聲色地埋伏。

當然，不能被影野察覺。

「喂，妳該不會在盤算著什麼不良企圖吧？」

受到影野的牽制，紗月吃了一驚。

「才沒有呢。好了，工作工作。」

雖然看起來或許有些刻意，總之紗月逃離影野的視線，走向剛才的書架區。她決定來個一人作戰會議，以備與那名女性對峙。

那一天出乎意料地提早到來了。

而且幸運的是，影野還要外出辦事。

「路上小心。」

「妳千萬別做出多餘的事來喔，聽見沒？」

儘管他的話語讓紗月暗暗吃驚，她仍微笑以對，避免眼神游移。

「我知道。」

「那我出發了。」雖然有些遲疑不決，影野還是留下這句話就離開了書店。微微的餘香飄來，令鼻腔有點發癢。是錯覺嗎？她總覺得今天的香氣比平時還要濃郁。

（他今天有什麼事呢？）

要去進貨時，影野會直接地說是去進貨；不過他今天並沒說要去哪裡。雖然對不太現實且充滿謎團的影野的私生活感到在意，但對紗月而言，現在應該優先處理的案件是「弄亂書籍怪」。

那個女孩和平時一樣到來；而且雖然乍看之下和藹，卻依然給人形跡可疑的感覺。此時店裡有幾名客人，紗月不著痕跡地以視線追蹤著混在這裡頭、將帽簷壓低且駝著背的對方。她盡可能裝得自然一些，暗中觀察著對方的模樣。

由於紗月早已完美掌握書架的配置，自然清楚容易拿取書籍的位置也有死角。這是她在擔任書店店員四年下來累積的經驗及自己所具備的直覺。

因此，對方就在沒有注意到紗月的情況下，做出了令自己期待的舉動。於是原本排列整齊的書籍，隨著她的行為逐漸變得凌亂。

（果然如我所料。）

那些淨是些被稱作暢銷作品的名作。或許是因為內疚而緊張，對方的手指似乎在顫抖。彷彿受到她的影響，連紗月的心臟都跟著狂跳起來。

此時，她將手伸進肩上的托特包裡。乍看之下是容易被誤認為順手牽羊的舉動，但她的情況恰好「相反」。她取出一本單行本放上書架。

書籍的標題為《妳與天象儀》，跟她前一回放進書架的書是同一個系列。不會錯的，紗月就此確信。

她彷彿在警戒著周遭般環顧四周後，鬆了一口氣，將第二集、第三集陸續取出，放上書架。在欣賞完六本並排的書背後，她將最新的第七集書封正面朝前平放。

然而，她並沒有就此滿足的感覺，而是沮喪地嘆了口氣。是陷入自我嫌惡中嗎？紗月躊躇著，不曉得該如何向對方搭話。

此時傳來其他客人的腳步聲，令這個人慌張地試圖移動位置；而紗月也十分慌張，因為對方竟然朝自己這裡走來。雖然為了避免被發現而想閃躲，但紗月立刻就改變了主意。既然已經了解情況到這種程度，再繼續兜圈子也沒有意義。

「這位客人。」

紗月突然出聲。女性倏地看向這裡，表情立刻僵硬起來，環顧左右。

這瞬間她應該是考慮要逃跑，不過卻被書架阻隔而動彈不得，就這樣愣在原地無法移動。最後對方死心般在紗月眼前用力低下頭。

「對不起……！我會立刻撤下，請原諒我。我不會再繼續做虧心事了！而且我絕對沒有順手牽羊！」

她哭著央求，令紗月感到畏縮。這麼一來也會被其他客人撞見吧。

紗月將食指舉在嘴唇前方「噓」的示意，對方也回過神來閉上了嘴。

「對不起，對不起。」

她低頭致歉，大大的眼眸彷彿隨時都會流下淚來。要是害美少女哭泣，反而會令自己產生罪惡感。

「不要緊的，請妳冷靜下來。我才要致歉，不好意思嚇到妳了。我會叫住妳並不是為了責備，只是很在意這陣子發生的奇特現象罷了。畢竟並不是有書不見，只要妳好好說明原因，我不會報警的。」

「真的嗎？」

她的眼神動搖，乞憐似的開口。

「對。所以，如果妳有什麼煩惱，能不能告訴我呢？如果和書籍有關，我或許能幫上一點忙。」

紗月冷靜地勸慰女性。或許是這番話奏了效，女性一邊擦拭淚水盈眶的眼角，以軟弱的聲音悄聲說道：

「這部《妳與天象儀》是我的作品。」

這出人意料的答案令紗月雙眼圓睜。

「咦……那麼，妳就是作者駒川伊織老師嗎？」

紗月因為吃驚而差點發出怪叫聲，她即時忍住後詢問。

「真是難為情……」

對方低下頭，接著像水壩決堤般開始說明：

「其實我現在遇到了瓶頸，畫不出漫畫來……無論怎麼做都實在畫不出來，就一時衝動，從東京的租屋處逃了出來。我一心只想逃到編輯部找不到我的地方，就順勢搭上新幹線再轉乘電車……不知不覺間就回到了這裡——啊，我是透馬村出身的。」

「原來是這樣啊。」

「對。透馬村是個好地方，空氣清新、氣氛悠閒……能令人放鬆心情。雖然我以前一直認為這種什麼也沒有的鄉下地方只會令人感到不方便，但是在搬去都市後，我才再次確認家鄉的美好。」

紗月表示認同地頷首。

「請問是不是有什麼讓妳畫不出來的契機呢？」

紗月如此詢問，她的表情就立刻沉了下來。

「我在作品的發展方向上，跟編輯部起了不少爭執。總覺得有種自己的意見被置之不理而受到官腔對待的感覺，令我難以忍受。」

她這麼說完，緊咬住下唇。

「對方說我的作品能夠熱銷，只不過是新人運氣好；說我一點天分也沒有，所以只要照著對方的話做就好。這讓我的情緒近乎崩潰，最後終於逃了出來。」

她給人一種極為疲倦的感覺，想必是出於某些狀況而使內心受挫了吧。然而她卻找不到人商量，於是愈發鑽牛角尖地身陷其中。紗月也曾有過這類經驗，所以能夠體會。

「話雖如此，一想到是自己的作品，我果然還是捨不得放著不管，於是就一起帶回來了，很丟臉吧？」

她語帶自嘲地這麼說，垂下眼簾。「不。」紗月否定。

「畢竟……那是妳竭盡全力創作出來的作品，這是理所當然的吧。對作家而言，作品不就像自己的孩子一樣嗎？」

「是啊，妳說得沒錯。於是，我在無處可去而閒晃時，走進了這間店，想也不想地將一本新刊擺上書架。因為我想，搞不好會有誰買下這本書，而且既然是本無容身之地的書，還是有人願意閱讀比較好，無論是誰都無所謂；然後我今天又因為在意那本書有沒有被誰買走而繞了過來，順便將剩下的書全帶了過來。」

「原來是這樣啊。」

對方果然是故意這麼做的。然而，這並非單純的惡作劇等級，在明白客人的煩惱後，紗月感到無地自容。

「我擅自做出這種事來，真的非常抱歉。」

「妳移動其他書籍也是有意義的嗎？」

「那是……」她支吾了好一會兒，才難為情地道出原因。

「如果能擺在名作旁，就會有種自己的書受到肯定的感覺。即使沒有任何人購買，只要排在一起，我就會有種這部作品能出人頭地的感覺……」

從她的話裡，果然能感覺到她將作品視為自己的孩子般珍惜的愛憐之情。

她一定很想得到容身之處吧，希望自己能獲得認同，希望自己受人需要。紗月十分明白她的心情。

紗月受到觸發而環顧起書架。有沒有什麼書籍適合她呢？不過，紗月是一名書店店員而非作家，所以無法明白所謂的「瓶頸」這種心情。

情感上雖然能同理，卻找不到能拯救她的話語。自己明明意氣風發地表示要當個「書店禮賓接待員」，卻連一句漂亮話也說不出口，真是令人急躁。

就在紗月拚命地左思右想時……

「呃……我做出這種事來卻還提出這種請求，或許很厚臉皮，不過我想將這套書送給妳。如果可以，妳願意告訴我讀後感想嗎？」

伊織怯怯地詢問。

「送給我好嗎？」

「嗯，送給妳才好。我已經不想再聽見編輯部只為了讓我繼續畫下去而一味地阿諛奉承的好聽話，也不想再聽取只會一再指摘我問題的責編的聲音了。我想聽聽身旁的人坦率的感想。妳似乎是一個十分感性纖細的人，或許能為我找出某些我迷失的事物。」

伊織似乎很中意自己。看著對方託付信賴的、那如彈珠般淡褐色的雙眸，紗月瞬間猶豫了。

輕易承諾或許並不是好事。不過，既然對方以如此信賴的眼神望向自己，自己也不能無視於女孩的心意。畢竟是自己先說要助對方一臂之力的。

「我明白了。」紗月如此告訴自己後回答。

「太好了，我好開心。」

伊織緊握住紗月的手，那雙大得出乎意料的手令紗月吃了一驚。

對方明明比自己還矮，體格也嬌小而纖細，手掌卻相當大，手指也很修長。令人感覺到與印象上的反差。

「店員小姐，呃，方便請教妳的名字嗎？」

「我叫真山紗月。」

「紗月小姐嗎？真是個美麗的名字。謝謝妳願意聽我這種人說話。」

她使用的「我」是男性用語，這令紗月閃過一絲不協調感，但見到對方的笑容，紗月也沒有刻意追問。

此時，突然有股甜香味掠過鼻腔，紗月順勢轉往香味飄來的方向，就見到影野站在那裡。她的心臟狂跳了一下，畢竟影野才剛交代過不要多管閒事。

「啊……」伊織露出畏縮的神情。紗月為了保護伊織，立刻站到影野與伊織之間，試圖說明。

然而，影野什麼也沒說，只是瞥了一眼後就走向櫃檯。

（咦？他沒有發現？安全過關？）

紗月雖然緊張不已，卻也鬆懈下來地吐了一口氣。

「老闆感覺真是可怕，他果然已經注意到我了吧？」

伊織面無血色地渾身顫抖，躲到紗月身後。雖然紗月本身其實也提心吊膽，但為了讓對方放下心來，還是試圖安撫。

「不要緊，駒川老師，請妳下次再度光顧。在那之前，我會讀完妳的漫畫。」

「謝謝。那個，如果可以，請不用對我使用敬語，叫我伊織就可以了。在我待在這裡的期間，希望妳能跟我好好相處。」

她害羞地這麼說，伸出小指。

「我知道了。那麼伊織老師，下次見。」

「嗯，我會再來的，約好了。」

紗月雖然有些不知所措，仍將自己的小指勾上她的小指。

「約好了。」

（……奇怪？）

某種感覺令紗月有些在意。自己從前似乎也曾跟誰做過「約定」。究竟是什麼時候，對方又是什麼人呢？她想不起來。

『約好嘍，別忘了。』

某人的聲音——在她耳畔復甦。

（……約定，對了……應該有過、不能遺忘的……約定。）

紗月感覺到太陽穴一陣刺痛。以前也發生過這種事，這是不讓她回想起更多的訊號。

「紗月小姐？」

伊織露出困惑的神情。紗月回過神來勾了勾手指。

「再見。」

伊織揮揮手後就離開了。

紗月感到有些難為情，但胸口溫暖起來。有種原本硬撐著的事物緩緩地鬆懈下來的感覺。

伊織就像映照出自己的鏡子——紗月心想。

雖然現在情緒已經完全平靜了下來，但剛回到這裡來的紗月其實疲憊不堪。由於前男友的那件事令她再也無法信任別人，而選擇回到家鄉。她為了不去思考，為了不再悲傷而試圖振作起來。然而看在他人眼裡，那樣的自己想必十分沉重。

希望有人看看自己，希望自己的存在獲得認同。或許是跟那樣的心情重疊了吧。雖然對方開心地向自己道謝，但獲得救贖的其實是紗月也不一定。

正當紗月沉浸於爽快的情緒之中，不知何時已經來到她身旁的影野則冷冷地插話。

「妳這傢伙……還真是講不聽啊。」

紗月聞聲回過頭去。看來他果然已經看穿了。

影野雖然一臉傻眼地望著紗月，但她也有不能退讓之處。

「因為在聽了內情之後，就無法置身事外啦。」

「所以我才說別做出多餘的事來。知道犯人是誰就足夠了吧，別再涉入更深了。」

從影野的態度看來，或許在紗月心裡有數之前，他早已知道犯人是誰了。既然如此，直接聽聽對方的苦衷不就好了？紗月兀自感到鬱悶。

「我已經答應要告訴她讀後感想了……她說下次還會再來喔。」

紗月這麼說完，影野就交抱雙臂，重重地嘆了口氣。

「果然如我所勸告的一樣啊。就是因為妳一臉會立刻相信他人的長相，對方才會趁虛而入。」

「伊織老師不是那種人。」

「只不過是在店裡見過幾次的客人，妳怎麼能肯定？」

影野雖然只是淡淡地反問，語尾卻帶有看不見的魄力，令人有些畏懼。這告訴紗月，與其說影野是不悅，不如說是瀕臨發怒。不過，話雖如此，自己還是不能乖乖聽從。

「總之，既然已經那麼說了，我想負起責任幫上她的忙。」

「我就退一百步原諒妳。不過，如果幫對方實現了約定，就表示你們之間已經有了交集，明白嗎？」

影野快速說完後就轉身離去。正面對決對他而言是行不通的。紗月雙手緊抱住伊織交給自己的漫畫，唉……地低下頭來。

伊織在三天後再度造訪。她一如既往地頭戴註冊商標的寬緣帽，長度及膝的洋裝翩舞著。她一看見紗月就立刻跑了過來，開心地露出笑容。

「紗月小姐，不好意思，我馬上就跑來了。」

伊織有些難為情地「嘿嘿嘿」笑著，那表情十分可愛，而且與前幾天大不相同，相當開朗。舉止可疑時的畏縮模樣已不復見。

「當然非常歡迎，妳隨時都可以過來喔。」

紗月也回以笑容。

想必伊織一定是因為向人傾吐了原本藏在內心深處的鬱悶，才會暢快許多吧。即使問題並未根除，自己能夠幫助她暫時恢復精神，紗月也感到開心。

影野依然坐在櫃檯裡動也不動。不過至少還是聽得見伊織與紗月交談的內容吧。不，搞不好他正在豎起耳朵仔細聆聽呢。

（總覺得有點拘束啊。）

只要被他盯著，自己就會有種一切都被他看穿的感覺。紗月前兩天好不容易才說服影野，讓他答應自己將讀後感想告訴伊織。他雖然還是一再強調「不要涉入過深」，但並沒有阻止紗月。是不是因為他本身也感覺到什麼了呢？

顧慮到店裡還有其他客人，紗月降低了音量。

「妳看起來挺有精神的，我放心了。」

「嗯，這都是託紗月小姐妳的福喔，謝謝。」

她露出靦腆微笑，十分可愛。

「呃……請問如何？妳讀過……我的漫畫了嗎？」

雖然眼前的伊織可愛得不得了，但與其用「像洋娃娃一樣可愛」這種用來形容女孩子的講法，倒不如說是像小狗搖著尾巴一樣。

「當然，我馬上就把第一集到第七集全部讀完了。」

《妳與天象儀》這部作品所講的，是隸屬於高中天文學社的兩個男生及一個女生之間的青春戀愛故事。自幼因為家庭環境所惱的孩子們，分別將想法寄託於星空，在受到天文學吸引的同時，也發展出以女主角為中心的戀愛情節。內容細膩地描寫著高中生直率的目標及單純的戀愛心情，會令人回想起幾乎遺忘的純情。

「沒關係，妳就直說吧，我很清楚。來吧，給我個痛快。」

伊織緊緊閉上那雙明亮的大眼，下定決心般等待著。於是紗月一邊反芻著自己感覺到的事物，一邊挑選著詞彙訴說感想。

「嗯、嗯。我認為故事非常引人入勝，是很棒的作品，不過讀到一半會覺得想傳達的內容變得有些模糊不清。該說是給人一種在同一個地方打轉的感覺嗎……我會有種一直在迷宮裡看不到出口的感覺。」

「嗯嗯，然後呢？」

伊織認真地詢問。接下來紗月也將自己的感想如實表達後，伊織就似乎想到些什麼，神色平靜地頷首。

「我知道了，謝謝妳告訴我這麼多。」

「伊織老師，妳已經決定好故事結局了嗎？」

紗月將單純的疑問脫口而出。雖然一瞬間心想是不是不能隨便洩漏劇情給他人知道？但伊織乾脆地點了點頭。

「一般來說會先在擬定大綱及分鏡——繪製分格草稿——的階段，跟責編好好討論後才決定，我也已經確實擬好起承轉合了。不過有時也會受到讀者反應或周遭人士的意見左右，在中途改變故事發展。」

伊織這麼說明，表情轉眼間沉了下來。既然她之前說過與編輯部起了爭執，會不會就是因為對於故事發展的想法相左，才導致內容有些搖擺不定呢？

「最後會由總編下決定。我的責編算是中間人，會夾在我們之間，並像個魔鬼般下達指示。他總是一直指摘，要我重畫呢。」

伊織浮現乾笑，接著唉地嘆了口氣。

「不過，問題最多的是我自己，最重要的是我的心情。作品中的女主角想法總是搖擺不定，我明知道這是原因……」

伊織說到這裡，就目不轉睛地看著紗月。被比自己視線略低的她如此凝望，會有種對方稍微抬眼以撒嬌的視線望著自己的感覺，真是可愛。男人總是無法對這類型的女生坐視不管。

（前男友所選擇的就是這樣的女孩吧。）

……一想到這裡，紗月察覺到胸口已經沒有之前那麼疼痛，想必是已經淡化到可以這麼想的程度了。這是因為影野鼓勵了紗月，使自己得以重新調整想法的緣故吧。

真希望伊織也能像這樣，調整心情後積極向前看——紗月心想。

「紗月小姐，如果是妳，會覺得這種女孩子的想法怎麼樣呢？妳有過這種心情嗎？」

「嗯～」紗月陷入沉思。面對認真煩惱的伊織，她不想隨便回答，於是努力思考，但是當被問到的並非讀書感想而是自己的戀愛觀，就有些難度了。

「我的意見或許無法作為參考。其實我跟妳一樣是本地人。我是因為被喜歡的人甩了，才逃回這裡的。」

紗月語帶自嘲地這麼說，伊織的眼神就游移了起來，驚慌失措。

「對不起。我該不會觸及令妳難受的回憶了吧……？」

不能讓伊織對此感到介意，紗月搖了搖頭。

「我已經不喜歡對方了，現在什麼感覺也沒有，不要緊的。」

紗月並未逞強。如同剛才所察覺到的，現在的自己已經沒有悲傷、難受或痛苦等絕望的感覺。當時明明傷得那麼深，傷口卻在待在這裡度過的期間，不知不覺間癒合了。

這麼一想，紗月就認為離開東京回到村裡果然是正確的決定。環境及時間想必緩慢而確實地撫慰了自己的內心。更重要的是，這間古書店的存在成了紗月的最大支柱。

紗月現在的期望……是希望老闆影野能夠認同自己的存在、能稍微縮短彼此間內心的距離，並希望能心情愉快地工作而已。她已經不會再思考過去那段戀情了。

「所謂的戀愛……因為不知道正確答案是什麼，所以一定很難呈現吧。」

「是啊，我也不清楚。我早就已經忘記喜歡上一個人的心情了。而且對於我這個男生來說，女生的想法實在太難懂了。」

伊織感慨地這麼說，嘆了口氣。

——咦？

紗月僵住了。

她剛才似乎聽見了非常重要的訊息。

這令紗月受到了鐘聲在腦中鏗鏗作響般的劇烈衝擊。

「咦、咦？伊織老師……你、你是……男的嗎？」

紗月的嘴像金魚一樣一張一闔，眼睛眨個不停。伊織見狀才打哈哈似的開口：

「咦？我沒說過嗎？」

紗月說不出話來，只能搖頭。

「男生畫少女漫畫果然會令人受到打擊嗎？」

「沒這回事……我只是太吃驚了。」

沒錯。紗月原本認為是女孩的伊織其實是個男的，這件事確實令她大受衝擊。

他那具透明感且白皙的肌膚、加上襯托出這點的自然妝容、大而溼潤的眼眸、捲翹的睫毛、富有光澤的頭髮往內捲起的模樣十分可愛。

而且他既沒有鬍鬚也沒有腿毛，無論怎麼看都是個十足的美少女。他那比身為女性的自己還要漂亮的外表，甚至令紗月感到嫉妒。

「我當然還是喜歡女孩子喔。像是紗月小姐這樣的人是稱作『自然系』嗎？像妳這樣既努力、又溫柔、笑容也可愛的女孩，是我非常喜歡的類型。」

伊織若無其事地這麼說，令紗月目瞪口呆。

此時，紗月聽見粗魯地拖著草鞋的聲音而回過神來。只見影野一臉不悅地走近，將一本書砰地擺到伊織頭上。

「好痛！」

「適可而止，別在店裡吵鬧。」

影野對伊織做出的舉動令紗月吃了一驚。

「啊……對不起。」

伊織畏縮起來，影野則瞪了一眼。那股魄力令紗月與伊織一同僵住。

「影野先生，伊織老師是客人……」紗月試圖勸阻，影野就斬釘截鐵地開口：

「這傢伙的心裡早就已經有答案了，他只是想獲得妳的認同罷了。想必當然也抱持著『如果有機會』……這樣的企圖吧。」

影野交抱雙臂擋在伊織面前。

「什麼企圖……怎麼可能會有那種事……」

這出乎意料的話語令紗月吃驚地立即試圖否認……

「啊，被發現了嗎？」

然而伊織卻伶俐地吐了吐舌頭。紗月的視線在他與不快地板起臉的影野之間來回，目瞪口呆。

「什麼？」

「過來這裡。」

影野抓住紗月的上臂，將她拉向自己，形成緊挨著他的姿勢。雖然不曉得影野的舉動是為了保護她，還是因為看不下去，不過他那充滿獨佔欲的舉動令自己有些害臊。

「真是的。所以我才叫妳別總是一頭熱地栽進去啊。」

影野傻眼地俯視著紗月。她則是無言以對。

「這傢伙從以前起就是這副德性。是說，如果要追求女人，希望你不是來這裡，而是去村裡以結緣聞名的神社啊。」

影野厭煩至極地向伊織抗議。

透馬山神社的確是結緣之神，不過現在的問題並不在這裡。

「影野先生，你認識……伊織老師嗎？」

紗月不由得再度交互看著影野及伊織。伊織抬起眼致歉，表現出反省的態度。或許是對那態度感到不快，影野看不下去地轉而詢問紗月：

「書籍被移動成一本一本錯開排列，這個謎題妳解開了嗎？」

「我已經問出原因了啊？」紗月一邊回答，同時察覺到當中還有些令人在意的部分。

伊織之前難為情地坦承，他想讓自己的作品與暢銷名作擺在一起。不過如果要把自己的漫畫擺上書架，只須在原位那麼做即可；特地微妙地移動到其他書櫃這道謎題仍未釐清。

「啊……經你這麼一說……」

「我雖然想稱讚妳的觀察力，但只要事情一與自己有關，妳就會忽略啊。」

影野不快地這麼說，令紗月為之語塞。正因為他說得沒錯，自己才無法反駁。紗月這時才終於明白，影野為什麼要像粗暴療法般一再提出忠告。

「他是因為注意著在店裡走動的妳吧。並不是害怕做出虧心事被發現，倒不如說是希望被妳察覺才這麼做。」

影野這麼一說，紗月不由得看向伊織。

伊織忸忸怩怩地滿臉通紅。紗月因為以為他是女性，所以並未多加提防，也根本沒想到他其實別有所圖。這令人有點……不，是相當受到打擊。

「對不起，妳瞧不起我了嗎……？因為紗月小姐人很溫柔，我才會希望能跟妳好好相處。」

伊織像隻小狗般沮喪起來，紗月也只能舉手投降。

「不過，我希望妳聽我說話的事是真的。漫畫的感想是另一回事，我確實希望能有願意肯定我的人聽我說話。因為覺得如果是妳，或許會……所以，希望妳不要討厭我。」

他那雙大眼睛因淚水盈眶而蕩漾著。

「我、我當然……不會討厭你的。」

「太棒了！如果妳今後也願意陪我聊天，我會很開心的。對了，紗月小姐，我們下次一起去神社吧，好不好？我知道景致非常美的地方喔。」

仔細觀察起來，他確實是個男孩子。只是有穿著女裝的興趣，但本身依然是個男的。

事到如今，紗月才意識到伊織的性別，而不曉得該作何反應。他所說的神社應該是指紗月家附近的透馬山神社吧？

「呃……」

紗月並不討厭伊織，但只把他當作一名客人。正當她擔心會傷害到伊織細膩的情感而謹慎地選擇詞彙時，影野直接插進兩人之間，將一本書遞給他。

「這本書很適合你，拿去吧。」

聽他這麼一說，伊織將視線移到書封及標題上。那是一本名叫《神的贈禮》的繪本。

「啊，這是我以前很喜歡的書！」

伊織瞇起眼睛拿起繪本。紗月不由得看向影野，有種他想說的話語不可思議地從他的眼睛流進大腦及胸口深處一般的感覺。

這本書一定是……伊織所需要的書。這就是影野以前說過的「書會呼喚需要自己的人」嗎？

（雖然影野先生總叫我別一頭熱地栽進去……但他一定是個會為客人著想的人吧。）

如果伊織與紗月的想法相似，那麼這本書一定也是紗月所需要的事物。那是從很久以前就一直在自己身旁的繪本。雖然即使不看也已經知道劇情，她還是想看看內容，視線隨著伊織翻閱頁面而移動。

故事的開頭是這樣的——在每一個嬰兒誕生的時候，神明會送給他們禮物，並交由天使送給他們。

送給紅臉頰的嬰兒「笑口常開」；送給體型較大的嬰兒「力大無窮」；送給哭泣的嬰兒「喜歡唱歌」；送給好動的嬰兒「食量驚人」；送給睡得香甜的嬰兒「溫柔善良」。天使將禮物送給嬰兒，他們也致上謝意：「謝謝神明送給我們這麼棒的禮物。」

那色調溫暖的圖畫與鼓勵人心的話語，淨化般流淌進內心，描繪得宛如自天上飛舞飄落；就像幾乎要遺忘的某些事物，在腦海中對自己傾訴般。

——沒錯，我們只要做好原本的自己就行了。不需要因為環顧周遭而焦急、迷失自我。只要認同那就是自己，今後也活出自己就足夠了。無論是不足的或者是多餘的事物，那都是個人特質。

「老闆，謝謝你。我有種被重重推了一把的感覺。」

伊織的聲音令紗月回過神來。她又沉浸於自己的世界之中了。

「要道謝的話，應該向這傢伙說才對。」

「呵呵，說得也是。如果紗月小姐沒有聽我訴說，我就沒辦法像現在這樣振作起來了。」

「不，我什麼也沒做喔。」

「沒這回事，這都是託了妳的福，謝謝妳。」

伊織眼神閃亮地這麼說。

「啊……我現在覺得什麼都畫得出來了。」

這次換紗月與影野相視聳肩微笑。

「欸，紗月小姐，我想跟妳當個朋友。我還能再來找妳嗎？」

伊織見紗月一臉不知所措，瞥向影野。

「拜託千萬注意別妨礙營業喔。」

「我明白。」

搞不好影野從一開始就已經知道伊織發生過什麼事了——紗月心想。他剛才似乎很了解伊織地說「這傢伙從以前起就是這副德性」，但兩人為什麼會認識呢？他們是在這間店認識的嗎？

「伊織老師……不，伊織。我現在單是為了照顧好自己就已經竭盡全力，所以還沒辦法考慮跟誰談戀愛的事。不過如果是當朋友，我當然非常歡迎。這點我得先告訴你。」

紗月坦率地這麼告知。因為她認為這是對伊織的誠意。

「……哈哈，我馬上就被拒絕啦。」

伊織顯得有些落寞，紗月則順應想法補充道：

「不過，我很高興伊織恢復了精神，今後我也會以朋友身分支持你的。」
「嗯。我也很慶幸能認識妳喔。」
由於伊織綻放笑容這麼說，令紗月鬆了口氣。
「那麼，紗月小姐，再見嘍！」
伊織輕吻了紗月的臉頰一下，令她睜圓雙眼。「嘿嘿嘿。」伊織就這樣笑著逃跑了。就連總是無動於衷且冷淡的影野，似乎也吃了一驚地目瞪口呆。不過，伊織的這種個性令人難以憎惡。紗月嘻嘻地笑了起來。
「伊織真是的……」
此時，影野似乎想說些什麼而張開口，但在與紗月四目相對後又別過了視線，僅是看似不爽地重新交抱雙臂。
伊織向他們揮了揮手，接著就轉過身去。
紗月打算在店門外目送伊織直到看不見身影為止。此時一陣風吹來，將伊織頭上的帽子帶走，看見伊織連忙伸手的模樣，紗月不由得微笑。然而……
——咦？
下一個瞬間，紗月懷疑起自己的眼睛來。
她看見……伊織的頭頂上有著耳朵。

雖說是耳朵，卻不是人類的耳朵，而是毛茸茸的獸耳。

紗月眨了眨眼，又揉了揉眼睛。

（狗？貓？）

這麼說來，紗月從來沒有看過伊織拿下帽子。她雖然看過有人出於興趣戴著附有耳朵的髮箍，但如果再戴上帽子就沒有意義了。

紗月難以理解地仔細眺望，這次又看見伊織的臀部一帶冒出毛茸茸的尾巴，令她更為吃驚。

「咦咦！連尾巴都有？影野先生，請、請看那個！伊織他……！」

紗月不由得拉住影野的袖子。

她由於吃驚而怪叫起來。結果影野的手突然從旁伸了過來，抬起紗月的下頜。

「呀啊！啊……影野、先生……尾、尾、尾巴……」

吵死了，閉嘴——影野就像在這麼說一般用食指輕抵住紗月的嘴唇，令她嚥了嚥口水。

「別管那傢伙了，回店裡去吧。」

在影野漆黑深邃的眼眸注視下，紗月一瞬間停止了思考。

「不對啦！你沒看見嗎？」

「有啊，看見了妳愚蠢的表情。」

他的臉出乎意料地貼近，令紗月嚇了一跳。他用纖長的手指碰觸紗月的臉頰，輕輕撫過。

「我不是指這件事啦……」

「別吵，我已經知道原因了。」

影野的表情沒有變化地這麼說。他將視線移向紗月後方。

此時，「哎呀呀」的聲音傳來，紗月順勢轉向聲音的主人。有著一頭銀白頭髮、身穿白色外褂及袴的男人就站在那裡。

「你是那個時候的……！」

紗月立刻認出對方就是之前的美男子，但看見他的模樣，又令她大吃一驚。

因為對方留著銀髮的頭頂上有著獸耳，袴後方則有著一條毛茸茸的尾巴。

剛才在伊織頭上看見的獸耳以及尾巴……紗月愣愣地張著嘴，難以置信地看著這名美男子。

「影野，你沒告訴這孩子嗎？」

美男子偏了偏頭。

「白銀，是你做了多餘的事吧。」

影野掩護紗月般站到她前面，不快地撂話。紗月不明就裡地感到困惑。

「讓這孩子開始打工，是我的功勞吧？徵人啟事不是起了效果嗎？」

美男子「呵呵」地露出故弄玄虛的微笑，影野則面有慍色。

「你用了力量吧，別因為有趣而把她捲進來。」

「真令人遺憾，我只是親切地對待她罷了。」

美男子沮喪地垂下耳……不對，是獸耳。

「那、那個！不好意思，我聽不懂你們在說什麼！」

紗月不由得介入白與黑兩名和服美男子之間。

「嗯嗯嗯，妳剛才看見的事物並非幻影喔。妳很在意這對耳朵吧？來，摸摸看也無妨。」

「住手！」影野試圖阻止。然而他遲了一步，紗月已經被美男子的眼眸擄獲。他琥珀色的瞳孔變細，充血的紅眼大大睜開。紗月剎那間感到無法呼吸。

身體彷彿被鬼壓床般動彈不得，自己的手擅自伸了出去，指尖碰觸對方的耳朵。

（這、這是……什麼觸感？）

那溫熱的耳朵毫無疑問是動物的耳朵。她確實感覺到顫動的獸耳有著神經通過。

紗月並未湧現恐懼之情。她只是感到難以置信，那美麗的銀髮及不屬於世間生物所有的外貌令她看得出神。那逐漸從紅轉為琥珀色，令人聯想到非人之物的縱長瞳孔，就像要將自己吸進去一樣。

胸口正中央有股熱度油然而生，令紗月痛苦起來。

「啊……！」

她的腦中閃現殘像般的畫面。雖然不太清楚那是什麼，但有種自己不再是自己的不安感掠過心中。

美男子再度瞇細雙眼低語。

「果然不行嗎……」

「白銀，你不要亂來！」

影野的聲音聽起來就像罩上了一層霧。紗月明明不想看，視線卻無法從男子的眼睛上移開。

「振作一點！」

在紗月差點倒下時，影野接住了她，她就這樣倒在他臂彎裡，完全使不上力。胸口一帶依然感到鬱悶，腦中一片空白。

「白銀，不要迷惑毫無關係的人類。」

「怎麼會哩？你有資格說『毫無關係』嗎？放心吧，我並不打算做出不利於她的事。」

美男子嘻嘻地浮現無畏的笑容，一陣藍白色光芒籠罩住他，宛如熱氣蒸騰般搖曳。在她頭昏眼花地看著時，美男子竟變成一隻銀色狐狸。

「啊、啊……」

紗月發不出聲來，只能茫然地望著這幅光景。

『可愛的「書店禮賓接待員」小姐，影野無法獨自肩負起的，希望妳能助他一臂之力。』

在紗月腦海中響起美男子的聲音。變成狐狸的他並沒有開口，那聲音是直接流入腦中，流入心裡的。

紗月感到害怕，像要將他趕出自己身上般開口：

「這是……什麼意思？」

「他的話語沒有意義，只是喜歡揶揄人而已。別被他迷惑，看著我。」

影野的聲音令紗月吃驚地身體顫抖。

（怎麼回事？我……看見幻覺了嗎？是哪裡不對勁？）

紗月依然依偎在影野撐住自己的臂彎中動彈不得。身體發燙，熱度一點一點地傳到背脊。

『妳遺忘了重要的事。』

同時，聲音仍在腦中響起。

「遺忘……？我忘了什麼？」

『這我也不清楚。不過，希望妳仔細想想那究竟是什麼。』

刺痛感宛如脈動般竄過太陽穴。紗月一邊呻吟，同時緊抓住影野的手臂。

「對、對不起……我不知道為什麼完全使不上力。」

「無妨，就這樣別動。妳發燒了嗎？」

經他這麼一說，紗月才發現自己的身體很疲倦，並打起寒顫。

「是疲勞導致？不對，是『障』嗎？」

「障……？」

紗月突然間感到不安，她仰望影野。

「不要緊，就這樣靠著我。」

影野一邊加重摟住紗月的手臂力道，同時瞪向狐狸。

「你給我適可而止，別再玩了，滾回去。」

影野斥責，狐狸就變回了人形。

「好好好，我今天就此撤退了。」

美男子的銀髮隨風飄舞。他浮現妖冶的笑容，當場如煙霧般消失身影。

「那、那個人……究竟是何方神聖？我曾經在店門口見過他，他當時說自己是影野先生你的熟人。」

然後，然後……與伊織道別後的事一口氣湧上心頭，令紗月腦中一團混亂。

影野抱起紗月走回店裡。

「總之，今天先打烊吧。」

他這麼說著，關上門窗，走向櫃檯後方。

打開櫃檯後方的門，那裡有間三坪左右的和室，紙門後方還有另一個房間。影野將紗月帶到那裡，攤開摺疊著的被褥，讓她躺在上面。

「有沒有哪裡不舒服？」

「不要緊，只是身體有些疲倦而已。」

影野罕見地溫柔，令她有些害臊。既然他會擔心到這種地步，或許表示事態嚴重，這令紗月感到不安。

「如妳所見，那傢伙……白銀不是人類。」

紗月倒抽了一口氣。

「你說『不是人類』的意思是……」

他再次說明，令紗月害怕起來。

「那傢伙是名為『妖狐白銀』的妖異。如果妳沒有察覺，我原本是不打算說出來的——」

影野忍不住嘆了口氣。

「所謂的『妖異』究竟是什麼？」

「那原本是以動物為首的生物，在成為靈魂後，由於心有罣礙而徘徊不去，最後就成了妖異；除此之外，也有原本只是物品的事物，受到人類的情感或意念影響，與接觸它的人同步，就化為實體的『付喪神』。由於妖異大半受過人類的惡劣對待而心懷怨恨，因此多會危害人類，這些事物就統稱為『妖怪』。」

原來如此。雖然總算意會過來，但腦中一浮現一般世人所熟知的「妖怪」形象，紗月就感到背脊發涼。

「妳是屬於看得見妖異存在的人類。在妖異當中雖然也有為非作歹的存在，但也有像白銀一樣只是愛尋人開心的存在。所以我才會叫妳別一頭熱地栽進去。」

「那麼，伊織他也……？」

那對獸耳及尾巴。紗月不認為這純屬偶然。她一開始也頂多以為那妖狐不過是喜歡穿和服的角色扮演者，但並非如此。那確實是有血有肉的獸耳。

「伊織是『狛犬』的妖異。」

影野斬釘截鐵地說。

「狛犬也會變成妖異嗎？那不是神社的守護者……」

「妖異也有許多隱情啊。順帶一提，妳第一次替她挑選繪本的那位婆婆也是。」

「騙人……！」

「應該是因為妳喜歡繪本，所以在不知不覺間與對方同調，將對方呼喚過來了吧。」

「但我至今為止什麼也沒看過啊。」

「即使平時看不見，也可能會因為某些情感成了契機，而變成看得見的情況。總之妳現在什麼也別多想。緩緩吐氣，緩緩吸氣。而且妳燒得相當厲害。」

影野用冰涼的手碰觸紗月的額頭。是因為自己在發燒嗎？感覺好舒服。香爐飄來好聞的香味，那是從影野的和服上嗅到的濃郁香氣。

「這香味……令人心情平靜。」

「是嗎？怎樣都好，總之先讓心情平靜下來。妳會突然看得見是……」

影野說到這裡，突然沉默下來。

紗月突然想起自己發現古書店時的事，她覺得影野是個有著不可思議氛圍的男人。白銀說自己跟影野是舊識，影野似乎也很了解伊織。他究竟是何方神聖呢？

「影野先生，你原本……就看得見妖異了嗎？」

影野露出為之語塞的神情，接著淡淡地說明。

「是啊。只要有人看得見，妖異就會感興趣地聚集過來。即使無視，有的也會像白銀那樣纏著人不放，也有的會像伊織那樣對人感興趣。如果是無害的妖異，即使上門也只要置之不理即可；但如果像妳那樣加以介入，就會與對方產生奇特的因緣。所謂的妖異就是這樣的存在。」

聽了影野的說明，紗月似乎明白他為什麼會給人一種遠離塵囂的氛圍了。

「原來『只要二十歲為止沒看見幽靈，就一輩子都不會看見』果然只是都市傳說啊。」

紗月自言自語。影野對此露出不可思議的神情。

她感覺到影野的視線，回過神來連忙說明。

「我以前曾經跟朋友聊過那類話題啦。」

雖然紗月曾想過自從發現這間古書店起，就一直遇到不可思議的事，沒想到那竟然是妖怪做的好事。

話說回來，白銀所說的「遺忘的事」究竟是指什麼呢？那與紗月失去的、到十歲為止的記憶有什麼關聯嗎？

「妳燒得很厲害，現在什麼也別想，好好休息吧。」

影野擔心地看著她。冰涼的手感覺很舒服。

「你握著我的手……就讓我覺得很安心。難不成我小時候……也曾有過這種情況嗎？」

紗月下意識低喃，影野的手就抖了一下。

「啊，其實……我沒有到十歲為止的記憶。聽說是因為遭遇車禍，也可能是因為父母離婚令我受到了打擊。雖然似乎有許多原因，但我總覺得難受與幸福的回憶應該是參半吧。」

紗月斷斷續續地這麼說。影野什麼也沒講，只是握住她的手。那雙手不同於女性的柔軟，有著堅硬的手指觸感。完全覆上自己的掌心冰涼，感覺很舒服。

不一會兒，紗月的意識就像受到睡魔誘惑般淡去。

在她閉上眼半夢半醒之間，仰望天空時的事在腦海裡復甦。

當時那美麗的鳥兒目不轉睛地凝視著紗月，彷彿想對她說些什麼。

究竟是什麼呢？她總覺得那裡存在著非常懷念且珍貴的記憶，必須回想起某些事的焦躁感驅使著她。話雖如此，卻怎樣也想不起來。

光芒閃爍般傾注而下，眼前的景色為之一變。

『我們一起去看螢火蟲吧。』

紗月聽見男孩子的聲音。

『嗯，我想看。走吧走吧！』

紗月開心地握住男孩的手。

兩人從約定碰面的神社鳥居前爬上石階，抵達神社腹地，跨過延伸到裡參道的紅色橋梁後，閃閃發亮的潺潺流水就映入眼簾。

眾多螢火蟲飛舞的身影，簡直像點點繁星。那與紗月擁有的許多繪本之中，名叫《銀河鐵道之夜》的繪本裡所描繪的景色相似。

『哇！好漂亮！簡直像星星一樣。』

『嗯，我們就像在夜空中翱翔耶。』

男孩指著繪本邊這麼說道。

接下來的畫面就驟然消失，什麼也看不見了。

紗月宛如要揮去黏稠沉重的意識般緩緩睜開眼瞼。身體依然疲倦，但已經沒有發燙的感覺，燒已經退了嗎？

她望向旁邊，影野依然握著自己的手。他似乎就那樣閉上眼睡著了。

（影野先生……在為我擔心啊。）

紗月因為相當高興而胸口一熱。此時她聽見細碎的說話聲。

「……的確……是……星。」

紗月吃了一驚，不由得凝視著影野的臉。

「咦？」

他握住自己的手加重力道，令紗月大為動搖。不過影野依然閉著眼。他究竟作了什麼夢呢？

影野似乎察覺了紗月的氣息。原本閉著眼的他緩緩睜開眼瞼，坐起身來。

「妳醒了？」

「……是。」

「感覺還好嗎？有沒有哪裡不舒服？」

「我沒事了。」

紗月明確地回答，影野就放心似的嘆了口氣。

由於自相遇時起，他就總是態度冷淡地對待自己，令紗月有些坐立難安。那就類似母親會在自己感冒時變得溫柔一樣，令人感覺害臊。「呃……手……」當紗月不知所措地指出這點，影野才啪地放開原本握住的手。

「你一直握著我的手啊，謝謝你。」

「這……只是因為妳握得太緊，我想離開也掙脫不開而已。」

影野倏地別開視線。看向他的手可以發現上面有微微的指甲痕跡。或許是自己下意識感到害怕而緊抓住的緣故。不過，只要他想，應該能夠甩開才對。

「對不起，是我握得太緊了。」

「無所謂。那不是妳的錯。」

「對不起。」

「難不成你一開始會避著我，與妖異的事有關嗎？」

「……那也是原因之一。」

影野死心地這麼說。

「聽你這麼說我就放心了，原來並不是因為討厭我啊。還有，我不會因為這種事而辭職的。請讓我回報你的恩情。」

「紗月……報恩這種事不可以輕易說出口。」

影野露出困擾的神情看著紗月。

「咦？我的名字……」

紗月因為影野頭一次直呼自己的名字而吃了一驚，影野也瞬間露出回過神來的表情，接著略顯不悅地別過頭去。不過他並沒有找藉口，似乎只是顯得嫌麻煩。

「那是妳的名字吧？」

自己可以將此認定為兩人的關係已經稍微親近了一些嗎？她想如此期待。不過即使沒有任何意義，維持現在這樣也好。

「聽你像那樣稱呼我的名字，會有種我的存在獲得肯定、獲得認同的感覺，令人相當開心呢。該說那會讓人有種自己存在於此的安心感嗎？所以，希望你……今後也能直呼我的名字。」

「我那樣叫妳並沒有任何特殊的意思。」

「我知道。不過，我還是想告訴你我覺得很開心。」

「隨妳怎麼想。反正妳的優點頂多就是那種悠哉輕浮的個性吧。」

影野略微傻眼地說。

「那麼，為了讓你看見更多優點，我得努力加油才行了。」

「妳太過瞎忙，反倒會給我添麻煩，傷腦筋。」

「真是的，我知道啦。」

自己說東他就偏說西，沒完沒了。不過這總比被他無視好上許多了。紗月十分珍惜能夠像這樣交談的時光。

紗月在東京時遭遇過的事彷彿已是遙遠的過去，她感覺到另一種不同於當時心碎的痛楚隱隱抽搐。有種不可思議的感覺，這與自己在夢裡見到的片段有什麼關聯嗎？

她愈想回溯記憶，就愈感到混亂，腦袋深處會發麻般愈發沉悶，這是為什麼呢？紗月明明聽說車禍並沒有留下後遺症。不過只要自己一試圖回想就會覺得不舒服。簡直像是記憶被封印住，刻意不讓她回想起來似的。

（我究竟遺忘了什麼呢……？）

包括變得能看見妖異的事在內，自己的身體彷彿變得不再屬於自己，這令紗月愈發不安。

「妳的臉色很差，再休息一會兒吧。傍晚我再叫妳起來。」

「你能繼續握著我的手嗎……？」

一反常態地變得溫柔的影野彷彿是幻影——紗月不願這麼想而試著詢問。結果他露出意料之外的表情，倏地移開視線。

「笨蛋，少得意忘形地撒嬌。」

「……說得也是。」

紗月自虐地如此回答。

不知道為什麼，她就是有種想向影野撒嬌的心情。他的態度雖然冷淡不親切，但並不是壞人。只要像這樣與他獨處，不知為何就會產生懷念的感覺。是因為這裡與她曾經和外婆同住的老房子氣味相似嗎？

紗月的意識再度緩緩遠去。一旦感覺到他的香味，原先的痛苦就不可思議地消失無蹤。

半夢半醒之間，紗月感覺到影野握住自己的手。

（他剛才明明拒絕，還叫我別得意忘形……）

啊，影野的本質果然是個溫柔的人。真想多了解他一些，至少希望能夠多跟他聊上幾句。

紗月就這樣懷抱著渺小的希望，回握住他的手。

第三話　轉瞬與永恆

雨淅瀝瀝地下個不停。時值六月下旬，新聞正播報著梅雨季似乎會比往年提早結束的消息。

紗月將視線從病房電視上播報的週間氣象預報移開，看向外婆。她今天代替工作忙碌的母親前來探望。

「紗月，一直以來謝謝妳啊。」

「別這麼說。外婆，妳今天的氣色相當不錯呢。」

「是啊。進入梅雨季後，關節疼痛就開始加劇，現在總算舒緩下來了。要是外婆能更有精神，就能替妳縫製新浴衣了。」外婆遺憾地說。

「我已經八十歲，身體到處都出了毛病，真是討厭。」她這麼表示。如外婆所言，她一直重複著住院出院的過程。而現在是因為氣喘宿疾惡化，為了做精密檢查而住院；不僅如此，據母親表示，外婆最近還會開始說些不可思議的話。

實際見到面後，紗月就因為她與平時沒有兩樣而放下心來。她講話的方式沉穩，雖然多少會忘記一些事，但既然能夠正常交談，看來症狀並沒有太嚴重。

「我已經有妳為我縫製的浴衣啦。畢竟我的身高從高中到現在都沒有改變，而且花紋也偏成熟，我很珍惜著穿喔。」

「是嗎？真令人高興。」

外婆似乎真的很欣喜地瞇細眼睛，紗月也幹勁十足地回答：

「我今年一定會穿的，外婆妳願意看看嗎？」

「那當然，我很期待。」

此時，紗月突然想起關於妖異的事。

「呃……外婆，妳以前有沒有經歷過什麼不可思議的現象？」

「妳看見什麼了嗎？」

外婆那帶點灰色的眼眸直盯著紗月看，紗月吃驚地回望外婆的臉。

「外婆，妳也看得見什麼嗎？那個，我看得見……不是人的妖怪……妖異。」

紗月怯怯地說，外婆微微睜大眼睛。

「是嗎？紗月一定是心地善良才看得見呢。畢竟從以前起，人們總會將不可思議的現象歸咎於妖異搞鬼啊。不過沒什麼好怕的，只要妳保持現在這樣就沒問題了。」

「是真的嗎？」

「是啊。」外婆溫柔地微笑，那張滿是皺紋的臉龐皺得更深了。看著她的表情，紗月不由得鬆了口氣。外婆無論何時、發生任何事都不會否定紗月，是能令她心情安定的重要存在。

此時，紗月想起另一件令自己掛心的事。

「對了，外婆，我還有事想問妳。我小時候是不是有跟男孩子一起玩耍過？是個跟我同年紀或比我大一點的男孩。」

「有啊，當時鄰居家有個跟妳非常要好的孩子喔。」

意料之外的情報令她心臟狂跳。紗月立刻急急追問：

「真的嗎？他叫什麼名字，妳記得嗎？」

「名字啊……對不起，我忘記了。」

「是嗎？真遺憾。」

「那孩子怎麼了嗎？」

「我這陣子經常夢到他。我在想，那該不會是被我遺忘的一部分記憶吧？這讓我在意得不得了……」

紗月這麼一說，外婆就顯得悲傷起來，或許是回想起紗月父母離婚或車禍意外的事了吧。與沒有十歲之前記憶的紗月不同，外婆很清楚事情經過。也許自己真的不應該勉強去回想。

「外婆，不要緊的，妳別擔心。只是因為那個夢實在太開心，讓我有點在意對方是怎樣的孩子罷了。」

「是嗎？對不起喔，我想不起來。」

「沒關係，謝謝妳聽我說。外婆妳要趕快好起來喔。」

「嗯，一直以來都很謝謝妳。」

外婆微笑的臉上滿是皺紋。「小紗。」接著她叫住紗月。

「咦？外婆，怎麼了？」

她突然叫自己「小紗」令紗月吃了一驚，眨了眨眼。

「只要妳敞開心胸去接納，妖異並不可怕喔。大家都是溫柔的好孩子。」

紗月雖然感到不可思議，還是笑著點頭。

「嗯，我會記住。那麼，我下次會再帶換洗衣物過來。」紗月這麼說完就離開了病房。確認手錶，時間正好過了十一點。

接下來是醫院的午餐時間，紗月總會在這之前離開。她先回家隨便吃了午餐，再前往鴉翅堂書店。

在前往商店街的途中，螢火蟲欣賞會的通知海報映入眼簾。

只要度過位於透馬山神社裡參道上的紅橋，沿著小河在田間小徑上前進，就會抵達位於透馬山山麓的溪流。在梅雨季到來時，可以在這一帶欣賞螢火蟲。紗月在小學高年級時曾因校外教學寫過觀察日記；上了國中後也曾跟朋友一起去欣賞；成為高中生後，學生間甚至還流行過「只要情侶一同造訪紅橋就能獲得幸福」的吉祥傳聞。

（螢火蟲啊，已經到了這個季節了……）

紗月回到透馬村已經快滿三個月了。

要說看見了什麼或經歷什麼不可思議的體驗，都僅止於那一次。狛犬妖異伊織沒再來找過紗月；妖狐白銀也不再突然現身。

不過，從東京回到透馬村來之前就開始反覆夢見的不可思議夢境，總令紗月感到在意。那會不會也有什麼關聯呢？她如此假設。夢裡出現了神社，正好也夢到了螢火蟲。

既然如此，前往神社或許能得知什麼……雖然好奇心如此作祟，但一想到有可能遇見非人的存在，紗月還是害怕得不敢獨自前往。

如果影野能陪自己去……雖然這麼想，但他一定會勸阻自己「別一頭熱地多管閒事」吧。正因為自己曾讓他那麼擔心，才很難開口。

自己沒有十歲之前的記憶，是否與此有關呢？雖然疑問一股腦兒地冒出來，卻一個也沒解決。紗月只能兀自苦惱度日。

不僅如此，紗月這陣子要前往店裡總得鼓起勇氣。她經常回想起影野握住自己的手的事情，而不禁過度在意起他來。

紗月撐著圓點圖案的傘走在商店街上，嘆了一口氣。或許是因為梅雨季，才令人心情更加鬱悶也說不定。

風不時將雨水斜吹，臉頰因此被打溼，感覺有些寒意。真希望梅雨季能如電視預測般提早結束，真想看看晴朗無雲的藍天啊——紗月心想。

接著，紗月在抵達鴉翅堂書店前，一如往常地想拉開店門——卻文風不動。

「奇怪？」

她再次用力試圖開啟，但果然還是打不開。

如果要臨時歇業，至少也會貼張公告吧？紗月心想，用手抹去玻璃上的雨滴向內窺探。此時身後突然有隻手伸過來，紗月吃驚地抬起頭。影野的臉近得驚人，令她心臟狂跳。

「啊，影野先生……」

「讓我來。」

影野這麼說，替紗月開了門。拉門平時會發出類似小石頭卡住的喀啦聲響，這時卻像被黏土黏住般移動緩慢。

「哇，謝謝你，幫了我大忙。」

「這棟房子原本結構狀況就不佳，再加上溼氣重，就會變得很難開啟。」

「看來是如此，不過也不能就這樣開著不關……畢竟現在雨還是會打進來。」

兩人走進店裡眺望門外。

在天氣晴朗時，他們會開著拉門保持空氣流通，不過進入梅雨季後就幾乎是關著的。畢竟溼氣會傷害書況，為了通風，只好打開電風扇，擺頭吹著整個室內。

由於充滿塵埃對身體不好，紗月會盡可能勤快地打掃，並下工夫保持室內清潔，避免書籍受損。

「這個時期也沒有辦法，有客人造訪時再替他們開門就好。」

以事事嫌麻煩的影野而言，這番話相當溫柔體貼。

「影野先生，我這陣子稍微在想，你其實並不討厭別人吧。」

影野以「妳想說什麼？」的狐疑眼神瞥向紗月。

「這並不是挖苦，只是坦率地說出想法而已。」

兩人的手不經意地碰觸到，他擔心地握住自己的手那一天的事又鮮明地浮現在腦海裡，讓紗月臉頰發燙。

「因為，影野先生你……那一天一直握著我的手對吧？」

「那是……我不是說那是沒辦法的事嗎？妳少得意忘形。」

「不過，我知道你在我睡著後還是握著我的手喔。」

影野罕見地啞口無言。紗月下意識地望著他……

「別用那種表情看我。」影野生硬地說完，「拿去。」將圍裙拋給紗月。

「那種表情是什麼表情？」

影野無視於紗月，轉過身去。紗月以遺憾的眼神望向他的背影，無奈地開始做準備。

（要是態度再稍微討人喜歡一點就好了。）

雖然影野這種態度一開始常讓自己不知所措，但紗月也逐漸習慣他這不親切的應對方式了。那讓她感覺到自己與影野之間的距離拉近，令她感到開心。

就往自己喜歡的方向解讀吧。即使他討厭他人，想必也並不討厭紗月。

（畢竟他都那麼替我擔心了。）

紗月回想起被白銀施術時的事。

老實說，自己看得見妖異一事令紗月難以置信，至今她仍會懷疑那是不是在作夢。而且由於他們就像尋常人一樣地存在著，使得紗月甚至完全不會感到害怕。

倒不如說，反倒是託了妖狐及狛犬等妖異的福，紗月才能像這樣跟與他人保持距離的影野變得融洽。

或許是因為自那時起，紗月就再也沒有遭遇過分的對待，她才能這麼想吧。總有一天，是否也可能發生令紗月受到傷害的事呢？

不知所措、好奇、不安，各式各樣的情感撼動著紗月的內心。

如果妖異能化為人形，那麼也沒必要做出威脅人的舉動。若能像跟伊織交談那樣，與其他妖異正常對話就好了。

紗月一邊這麼想著，暫且打起精神工作。但就在她站到某座書架面前的那瞬間，她「嗯～」地發出低吟。

這座書架原本已經整理過，但上頭的書卻被人移動，分別亂擺到不同位置。

（這是……弄亂書本的妖怪再度現身……？）

紗月下意識地想起伊織，不過隨即在內心道歉，犯人總不可能是伊織。雖然稀稀疏疏，但今天一小時內還算生意興隆，有好幾名客人上門後離開。由於連日梅雨，或許是最適合看書的時期。這時候，紗月注意到某個人物。

（是那孩子……）

她看見一名身穿高領制服的男孩子，這個人正是紗月認定的犯人。只要是透馬村的孩子，國中生都會穿高領制服，高中生則會穿西裝制服，也就是說這個男孩應該是國中生。不過他的身形修長，看似成熟，感覺也挺像個高中生。或許因為他一頭褐髮、戴著耳環吧，給人一種不良少年的印象。

獸耳及尾巴——沒有。

紗月戰戰兢兢地確認過後，開始觀察起少年來。

少年凝視著某個點，動也不動。接下來，他就像在拼拼圖般，反覆著將書移動又放回原位的過程。他靈敏熟練的動作，看起來就像個書店店員。

「妳在做什麼？」

頭頂上方傳來低沉的聲音，讓紗月吃驚地轉過頭去。

只見影野一臉不悅地站在那裡。

「噓。」

紗月趕在他抱怨之前，用食指抵住嘴邊加以制止，影野就不爽地將嘴扁成ㄟ字形。

「妳又來了……」

他端整的唇瓣溢出傻眼的聲音，而且明顯露出輕蔑的神色。但紗月卻顧不得在意這點。

「因為弄亂書本的妖怪又出現啦。」

他雖然盡可能壓低音量及語調，氣勢卻依然不減。

「所以又怎樣？我不是都警告過妳許多次了，妳還是學不到教訓嗎？」

「既然你這麼說，難不成那孩子也是妖異？」

「……不，他是人類，沒有氣味。」

「妖異有特殊的氣味嗎？」

紗月不由得抽動鼻子聞了聞。

「正確地說，是感覺得到。」

「是類似靈感應力之類的嗎？」

「妳可以這麼想。」

很遺憾，紗月並不了解所謂的靈感應力。不過影野那澄澈的眼眸令人覺得他能看穿自己內心深處，也是因為他擁有特殊能力的關係嗎？

少年在她轉了一圈回來時已不見人影。紗月面對被弄得亂七八糟的書架「唔～」地呻吟。伊織的事情畢竟是特例，而國中男生究竟在想些什麼呢？紗月完全摸不著頭緒。

「哇啊，真慘。」

視線才稍微別開，書架就變得如暴風雨過後般混亂。

已經不是移動或亂放幾本書的程度了。

總之就是被到處移來移去，原本按照作者或系列等分類方式排列的書籍被攞得亂七八糟，完全看不出原本陳列方式的邏輯。

幸好沒有書籍遭到破壞或汙損，但這的確會令人湧起一股難以言喻的無力感。如果是有所堅持且一絲不苟的影野，想必會比紗月更受到衝擊。

紗月將待在櫃檯的影野找過來，拖著他的手來到書架前。

「快看，即使看了這副情況，你也毫不在意嗎？」

「這次還做得真是誇張啊。」

原本感到厭煩的影野，在實際目睹書架慘況後也露出恍然大悟的神情。

影野看到書籍被弄得亂七八糟似乎果然很不滿。他帶著略顯不快的表情，仔細地著手重新整理。

「……沒辦法。如果他下次再來，就聽聽他怎麼說吧。」

影野一臉不情不願，但還是這麼表示。紗月也點點頭。

後來，他們完全沒有再看見少年的身影，就這樣過了一週。

原本每天下個不停的雨就像謊言一般，如今晴空萬里。緩緩地朝天頂飄升的白雲，就像在預告即將展開的酷暑。清爽的風也吹進睽違許久敞開門扉的店裡，這是個令人心情愉悅的午後。

但是，紗月的心情並不暢快。

「沒有來啊。」

她望向店門外低語。由於她在梅雨季期間，已經將店裡的整理整頓、清掃工作做得無微不至，所以她現在正在幫影野的忙，在櫃檯裡進行修補作業。

身穿制服的國中女生光顧。「歡迎光臨。」紗月以明亮的聲音招呼，對方就露出討人喜歡的可愛笑容向自己鞠躬。她那頭及肩黑髮及比及膝略短、遵守校規的裙子給人認真的印象。對方是這陣子每天都會光顧的女孩，由於觀察過她購買的書籍，得知她似乎喜歡戀愛小說，所以紗月才剛把可能合她口味的書籍整理排列在一起。

希望她會開心。紗月一邊想著，一邊進行著修補作業，而讀完書的影野這才回應：

「……沒來不是很好嗎？沒有受害是最好的。」

「這……確實是如此啦。」

搞不好他那次弄亂完之後就心滿意足了。雖然這也是有可能的，紗月仍然感到難以釋懷。不曉得少年的煩惱是否已經解決。

「妳後來還有看見嗎？」

影野謹慎地詢問。他似乎還是很擔心自己。

「沒有。雖然我原本在想，如果去神社一趟或許能明白些什麼……」

「還是算了吧，別一味地刺激妖異對妳的興趣。還有另一件事要提醒妳，神社今年會舉辦夏日慶典吧？如果可以，也不要參加比較好。」

「咦……我本來打算要去夏日慶典的。」

「正因為是那種人多的地方，才會有壞人存在。」

影野傻眼地說。

「我跟外婆約好，要穿浴衣給她看……」

「如果只是要穿浴衣給她看，沒必要去神社吧。」

果然就算對這個人說「你要懂女人心啊」，或許也只是白費工夫。

「這可是我回來後，睽違許久參加的慶典耶。啊，不然影野先生陪我一起去怎麼樣？」

「別說蠢話。」

自己的提議隨即遭到否決。

「我原本也認為這提議很厚臉皮，但你也沒必要立刻拒絕嘛……」

雖然紗月並未抱持期待，但讓自己多幻想一下又何妨。

「我沒有義務做到那種地步。」

影野冷淡的態度令紗月嘆了口氣。當初擔心地握住自己的手的他究竟去哪兒了呢？

雖然紗月希望能跟影野更要好一點，但他依然秉持著老闆與店員的身分，在自己與紗月之間劃了一條線。

紗月消沉了下來，影野就尷尬地瞥了她一眼。

「……沒有必要主動讓自己經歷恐怖的回憶吧？妳知道自己那個時候是怎樣的狀態嗎？要是那種情況多來幾次，只會令人困擾。」

即使他這麼說，聲音依然沉穩，或許是感到傻眼至極也說不定。如他所言，自己應該避免做出會給他人造成困擾的事。

「……即使如此，我還是想去神社，有件事令我非常在意。」

當紗月這麼說時，國中女生拿了一本書過來櫃檯。

「決定好了嗎？」

紗月招呼，國中女生就輕輕點頭。她總是一句話也不說，或許是生性害羞吧。

接了過來的書籍是吉本芭娜娜的《羽衣》，這是二〇〇六年出版的戀愛小說。

原本打算挑選合對方口味的書籍……但紗月也挑了幾本自己喜歡的書籍排在一起，這就是其中一本。

《羽衣》的女主角．螢由於懷抱失戀痛楚，為了療癒在都市累積的疲憊而回到故鄉療傷。她在有著大河流過的城鎮裡逐漸取回自己至今失去的事物、遺忘的重要事物，此時，螢遇見了某個青年。而成為故事關鍵的是一雙溫暖了冰冷雙手的小手套，以及受到人與人之間不可思議的緣分牽引而逐漸復甦的記憶——

紗月認為這本書簡直就是在說現在的自己。國中女生會挑選這本書令她有些意外，自己或許跟對方很合得來——這麼想，紗月就感到雀躍。

「這本書還合妳的口味嗎？」

紗月面帶笑容詢問，對方也有些難為情，卻也開心地微笑。紗月的表情也隨之和緩下來。影野依然什麼也沒說，不過他望著《羽衣》書封上的葉片設計❹，露出深思的表情。

「謝謝妳，歡迎再度光臨！」

紗月愉快地目送女孩離去，正準備去整理空出來的書架時，影野叫住了她。

「妳剛才說的，在意的事是什麼？」

他這麼詢問，讓紗月回想起前一刻所聊的內容。影野難得如此堅持。搞不好他是擔心紗月又會做出什麼事來，才想先行詢問吧。姑且不論這件事，紗月坦率地回答：

「我總覺得自己遺忘了某些重要的事。」

紗月十分在意出現在夢裡的男孩，以及祖母喚自己「小紗」的事。孩提時代，她是這樣稱呼自己的嗎？她原本以為別人都是以「紗月」稱呼自己的，所以吃了一驚。這也只是紗月自己遺忘了嗎？

考慮到逐漸變得清晰的夢境，如果前往神社，或許能成為某種誘因——她這麼想。

「是因為白銀講的話嗎？他只是在挑釁，只是覺得好玩而已。」

影野隨口帶過。即使如此，紗月依然感到煩悶而難以接受。裝作沒有看見真的好嗎？

❹此指日版書封。

她在內心拋下疑問。

「我認為不僅如此。而且，我也想去參拜，祈禱外婆早日康復。」

「紗月……」

影野不禁想說些什麼。紗月倏地看向他的臉，接著又沉默下來陷入思考。

「我明白你想說什麼。如果遇到危險，的確可能會給大家造成麻煩，雖然可惜……但我會自制的。」

「嗯，就這麼做。」影野回答。

即使如此，紗月依然繼續思考著。她並沒有自己是「看得見妖異的人類」的自覺，至今仍有在作夢般的感覺。然而，那種溫暖的感觸毫無疑問是真實存在的。

愛惡作劇的妖狐．白銀的術及行動當然令自己不知所措；就算告訴她伊織是狛犬的妖異，她也因為沒有真實感而完全不覺得害怕，只覺得如果還能再見面，會想見見對方而已。如果說出這種話，影野會不會斥責自己呢？

「你雖然說伊織是狛犬的妖異，但我完全感覺不到危險，甚至令我至今仍難以置信……如果看不見獸耳及尾巴，從外表看來，我也不會認為他是妖異，個性也完全是個人類啊。」

「像他那種溫和的妖異相當罕見。狛犬不過是因為待在神社覺得無聊，而稍微憧憬起外面的世界罷了。」

影野講得彷彿自己親眼見識過般。雖說回想起伊織講過的話，或許的確雖不中亦不遠矣。

「影野先生，你也曾經聽伊織講過自己的事情嗎？」

「就算沒聽說過，也大致猜得到。」

影野沒有回答多餘的事。因此紗月換了個問題。

「那麼，妖狐白銀先生呢？」

她這麼一問，影野的表情就僵硬起來。

「那傢伙已經活了好幾千年，經歷了漫長得堪稱永遠的時間，他百無聊賴的程度是狛犬難以想像的。因此只要有人看得見自己、會搭理自己，他就會很開心。如果只是惡作劇程度也就罷了，但也有能會化成人形奪取魂魄的棘手妖狐存在，還是小心為上。」

聽見「奪取魂魄」這種駭人聽聞的詞彙，果然還是相當可怕。當他以那非人的琥珀色眼眸望著自己時，紗月動彈不得。再次回想起來，還是感到毛骨悚然。

「因為他說認識你，我還以為你們的交情一定很好。是因為影野先生也看得見，他們才會靠近你嗎？」

「我跟那個哪裡看起來很要好了？只是他擅自纏上我罷了。妳也被他給哄騙了。而且妳那凡事都一頭熱地栽進去的好奇心更是糟糕，這可是絕佳的餌食。」

影野或許是回想起白銀的態度，憤慨地說。此外，他果然沒有回答可能碰觸到真相的問題，有種被對方蒙混過去的感覺。就在紗月感覺難以釋懷時，影野的視線望向她肩膀另一頭。

「來了。」

紗月倏地轉過頭去——原本打算這麼做，但一與影野四目相交就克制住了。若是被少年察覺自己已經發現異狀，他想必會立刻逃跑。他們只是想詢問原因，並不是要抓住他。

「等一會兒再去看看，我會跟在妳身後。」

影野這麼說完，用下頷指了指少年所在的方向。

「我知道了。」

紗月點頭。接著就像發現伊織時一樣，邊整理書籍，邊慢慢接近少年。

少年站在書架前，就像要拼拼圖般俐落地移動著書。然而他看起來並非在以此取樂，也沒有心懷惡意弄亂書籍的感覺。他不時停下手邊動作煩惱，再重複一樣的舉動。

他的目的究竟是什麼呢？

正當紗月百般思考該如何搭話時，從前方傳來「喂」的低沉聲音。

影野從另一側夾擊般的站在少年面前。

「你在店裡做什麼？」

（咦咦！未免也太過直接了吧？）

紗月吃驚地連忙靠近，少年也察覺到從身後靠近的她。無路可逃的少年十分緊張，雙手高舉擺出投降的姿勢。

「請、請等一下！我並不是想做什麼壞事，這是有許多原因的……」

少年名叫早瀨晄，似乎是透馬村的國二學生。他結結巴巴地將原委娓娓道來。

「是這樣的，我喜歡的女生就快要轉學了。所以我想在她離開這座村莊前向她表明心意……卻不太順利。」

晄說到這裡，影野立刻插嘴：

「原來如此，是藉由弄亂書籍來發洩鬱悶的青春期煩惱嗎？如果需要戀愛指南，另一邊有啊。」

啊啊，為什麼這個人總是如此直言不諱？明明身穿漂亮的和服。說話再委婉一些也無妨吧？至少希望他能聽到最後。

紗月雖然感到煩躁，卻還是決定沉默到底。

「不是！並不是那樣……」

晄著急地高聲喊道，接著尷尬地搔著頭。他將淡褐色頭髮撓得亂七八糟，左耳上的耳環閃閃發亮，臉頰也微微泛紅。

「我喜歡的女生……似乎經常光顧這間鴉翅堂書店。於是……我才會想說能不能在這裡製造一些契機，將想法傳達給她。雖然我想直接向她表白，但一面對她就說不出口……就算想寫信，也還是寫不好。所以才會煩惱，不曉得有沒有其他好主意。」

「你是打算推薦書給她嗎？」

紗月一詢問，晄就立刻搖頭。

「這不可能……聰明的她對書的認識一定比我這個笨蛋還清楚許多。」

「那麼，你想怎麼做？這可不構成粗暴對待書籍的理由喔。」

影野以冷靜的聲音追問晄。

「她的耳朵天生聽不見。但我記性不好，手語實在太難，所以她想跟我溝通時，總是靠唇語或寫字。不過，在我聽說她要轉學後，總算努力把手語記了下來。只是我擔心八成會因為緊張而無法順利傳達給她……」

他坦承的真心話，讓紗月會意了他想做的事。

他學了手語，除此之外，還學了靠唇語傳達話語的方法，應該也會靠書信筆談吧。兩人之間的互動或許能靠文字傳達，但自己非常喜歡她的心意，就算靠這些方式依然不足以明確傳達。那麼，該如何是好？他思考著。

沒錯，晄想做的事一定是這樣。

「我知道了！你想靠排列書籍，讓書名的第一個字成為文章吧。所以才會有各種不同的類型交雜。」

被紗月說中，晄就愈發難為情地滿臉通紅，嘆了一口氣。

「真是給人添麻煩。」影野抱怨。

「別講得這麼冷淡嘛！這可是人家竭盡全力想出來的，超棒的表白方式不是嗎？」

紗月顧慮著晄，同時安撫影野。

「沒關係，老闆說得沒錯。是我不好，因為太過拚命，完全沒考慮到會給店家添麻煩。真的非常抱歉！」

或許是坦承真心話後感到暢快吧，晄這次乾脆地鞠躬。雖然外表有些像小混混，但他擁有竭盡全力想表達心意的純真個性，本質應該是個認真的人吧。

雖然想助他一臂之力，但影野想必不會允許，真令人心焦。

「你要中途放棄嗎？」

影野出乎意料的一句話，令紗月大吃一驚。

「咦？」晄也露出不知所措的表情。

「只是半吊子的弄亂書籍，就是給人添麻煩。要做就做到最後，這麼一來，你這麼做的理由就會確實產生意義。」

影野這麼說完，將一本書交給晄。

那是一本書名已經剝落而看不見的，紫羅蘭色裝幀的書籍。從圖案看來，那本有著精裝書衣、記事本尺寸的書應該是現代風格的和歌集。是紗月從之前就十分在意的書。由於少年翻開了書衣，她也跟著一同窺探內容。扉頁繪製著在夜空中美麗飛舞的螢火蟲，以行書撰寫著的和歌及其現代語譯與水彩畫一同刊載在書中。

「咦？請問……這看起來是一本超級難懂的古書耶，這是？」

晄戰戰兢兢地捧著書，仰頭望向影野。對於不太擅長讀書的少年而言，會感到疑惑是自然的。

「這內容並不會很難懂。旁邊也寫著翻譯，試著讀讀看吧。如果你對她是真心的，就讀完再過來。只要你打算負起責任執行，需要多少空間都借你使用。」

影野這麼說完，就像在說「不接受退貨」般將手臂藏進和服袖口。

「是啊，我也會支持你的，加油！」

「謝謝你們！我下次一定會一決勝負的！」

少年眼睛閃閃發亮地說完，一再鞠躬後離開了書店。

等到剩下他們倆後，紗月才詢問影野的真正意思。

「你是抱持著什麼想法把那本書送給他的？那首是關於螢火蟲的和歌吧？」

「送他……嗎？這麼說來，我忘記收錢了。」

影野沒有回答紗月的問題，回想起來似的這麼說。有點太假了，他打一開始就不打算向對方收錢吧。

「春宵苦短，於夏日時光飛舞的螢火蟲的壽命亦同。就在你輕忽大意時，讓她被其他男人搶走好嗎？——類似這樣的威脅內容。」

影野這麼說。他的措辭依然一樣冷淡，不過話語深處卻確實有著溫度。「不能以貌取人」這點用在影野身上或許也十分合適。

「……要做就做到最後，如此一來，你這麼做的理由就會確實產生意義——」

紗月模仿影野的口吻複誦，他隨即不悅地露出苦澀的神情。

「竟然模仿別人，興趣真是低級。」

「那是我要說的話。你雖然裝作不感興趣的樣子，其實十分在意不是嗎？既然如此，一開始就別欺負人家。」

或許是因為被紗月說中而感到尷尬，影野哼地別過頭去。

「並沒有，我只是感到心煩，因此留下後悔之念會令人受不了。而且只要事情解決了，他就不會再弄亂書了吧。」

影野雖然冷淡地這麼說，但紗月明白他其實是個溫柔的人。要是真的不關心他人，他就不會為了鼓勵少年的願望而特意推薦書籍給對方了。

「呵呵。」紗月不由得笑了起來。

「有什麼好笑的，很噁心耶。」

影野怒目責問，但紗月毫不在意。

「希望你總有一天也能為我開出適合我的處方書。」

紗月這麼說，影野卻裝作沒有聽見地轉過身去。

（我的期望……究竟是什麼呢？）

影野曾經說過，「對於沒有期望、沒有強烈意念的人，我無法開處方。」

的確，現在的紗月依然處於半吊子的曖昧不清狀態。對於自己想要如何立身處世，想要如何活下去仍沒有任何想法。而且，她非常在意不時出現在夢中的少年與自己的約定究竟有何意義。自己總有一天能找到答案嗎？

（話說回來，利用書名表白啊……真棒呢。）

先將自己的事擱在一旁吧。希望少年能將自己想說的話確實傳達給喜歡的女孩；希望兩人的緣分能如願聯繫起來。

紗月一邊祈禱，又打起精神投入工作。

「晚安。」

晚上六點半，晄就穿著制服前來。

「歡迎光臨，希望你今天能夠實現心願。」

紗月面帶笑容地迎接晄，他則歉疚地抓著頭。其實他在那之後每天都來店裡等待著他心儀的女生，不過對方一直沒有光顧而持續著不戰而敗的紀錄。

「今天也要請你們借我空間，拜託你們。」

晄恭敬有禮地鞠躬後，走向戀愛小說區的書架。他算準心上人會在放學後過來，而將自己想傳達的訊息從書架頂端開始排列。隨著時間過去，書籍可能會因為一些客人抽取而移動位置。晄就將這些書籍重新整理好並守候著。

雖說他每次都抱持決心前來，但還是會露出緊張得要命的表情，這時紗月就會立刻用手語鼓勵他。

「不要緊，我也學了手語。如果她來了就告訴我，我會扮演好禮賓接待員的角色從旁協助的。」

沒錯。其實紗月在這一週中也學會了手語。她學習的速度之快，連影野都難得地真心誇獎了她。雖說當然還是以諷刺的口吻說「原來妳也會有特長啊」就是了。

晄吃了一驚，接著又感動地雙眼閃閃發亮。

「竟然為了我……做到這種地步……謝謝妳。還有，我也讀過老闆送給我的那本書了。託你們的福，該說拋開迷惘嗎？還是該說下定決心了呢，總之我鼓起了勇氣。」

此時，某處傳來一道冰冷的聲音。

「等成功之後再致謝吧。到時我會將其視為餞別禮接受的。」

影野還是老樣子。不過紗月明白這就是他的打氣方式。

就這樣，時間終於來到晚上七點，店裡充斥著緊張感。紗月正在祈禱「希望她今天能出現」時，一名客人走了進來。是個將頭髮綁成兩束，皮膚白皙的可愛女孩……就是總會購買戀愛小說的國中女生。

「歡迎光臨！」紗月一如往常地以笑容招呼，對方就難為情地對她點頭致意。

（啊，難道說……）

對方一如往常地走向戀愛小說區，卻看見在那裡顯得手忙腳亂的晄。她也一臉吃驚地用手語詢問「你怎麼會在這裡？」。

（果然如此……）

這麼說來，那女孩從來沒開口過，只會點頭致意。紗月原本以為是她個性內向的緣故，但並非如此，是因為她的耳朵聽不見而不會講話。

「其實，今天我是來這裡等妳過來的。」晄坦言，女孩就歪了歪頭。

「我有件事無論如何都想告訴妳。想請妳……站在這裡看看。」

紗月緊張得心臟怦怦跳，她跟影野一起在稍遠處觀望著。希望如同國中女孩所挑選的《羽衣》的內容，晄能是她命中註定的對象——紗月由衷祈禱。

（晄，加油……！）

晄深呼吸，將準備好的書一本一本小心移動，為了更容易將想法傳達給少女而排了起來。第一次看到時或許會覺得他只是邊思考邊行動著；不過他現在以當時無法比擬的仔細動作，滿懷誠意地從左上方的書架開始一本本排起，讓書名的第一個字成為訊息。

另一方面，少女則一臉不曉得晄想做什麼的表情，以視線追尋著他的手。然而她的表情逐漸改變，她一邊將視線從左而右地移動，同時看著晄認真的神情。或許是訊息傳達給她了，少女掩住自己的嘴邊，露出難掩吃驚的神情。

晄就像要完成最後的拼圖般，排上書名以斗大的「最」字為首的書籍，接著擺上書名以「喜」字為首的書籍，最後是書名以「歡」字及「妳」字為首的書籍。

『與妳相遇後，我每一天都過得很愉快，很開心，能跟妳相處，我很幸福。雖然妳就要轉學，但希望妳永遠不要忘記我。我最喜歡妳。』

少女的臉頰微微染上緋紅，淚水隨即從她的大眼睛中滴落。

「哇，別哭啊！呃，我有沒有帶手帕？」

晄焦急地尋找手帕，卻遍尋不著。結果他情急之下，直接用手指碰觸她的臉頰，替她拭去淚水。

「謝謝妳總是配合我的任性。」

晄這麼說，她則緩緩地用手語表達了什麼，接著輕撫那用書籍排成的字句。紗月從遠處讀出了她手語的意思。

『謝謝你。我也覺得跟你一同度過的這段時光非常非常幸福，我一輩子都不會忘記。我也……最喜歡你了。』

晄的表情隨即明亮了起來。「太好了……啊。」他不由得感嘆。

兩人幸福的神情令紗月感到溫馨，連自己都感到胸口漲得滿滿的。

（真是太好了……）

紗月一仰望影野，就因為他的表情而無法別開目光。

他那瞇細雙眼守望著的表情，令紗月感到有些懷念。而在見到晄與少女看似順利發展後，影野輕輕揚起笑靨，令紗月的心臟漏了一拍。

（這還是影野先生頭一次……露出這種表情。）

影野是否也有他珍惜的對象呢？一想到這點，紗月的內心深處就感覺隱隱作痛。湧起一股類似寂寞又像是煩悶、難以言喻的情感，連她本身都感到不知所措。自己為什麼會產生這種心情呢？

「……咦？」

此時，紗月不由得揉揉雙眼，確認自己眼前的異狀。

紗月竟然看得見與晄並肩而站的少女身體另一側的景色。換言之，她本身變透明了。

（這是怎麼回事……？）

「那女孩是螢火蟲的妖異。」

紗月聞言，倏地抬頭仰望影野。

「咦？妖異？」

「我原本擔心妳會害怕，才沒有告訴妳……」

影野支吾其詞。

「請等一下。你說她是螢火蟲的妖異，也就是說她……」

紗月回想起晄表示「沒有時間」而走投無路般焦急的模樣。即使因為轉學離開而感到寂寞，只要知道聯絡方式，不還是能約定見面嗎？她也曾這麼想過。

然而，並非如此，而是永遠——一想到這裡，紗月就吃驚地動彈不得。

晄明明那麼努力表達了心意；少女明明也那麼開心。

「她所謂的轉學只是藉口吧。」

影野靜靜地這麼說，語調中帶有同情。

換言之，她並不是要轉學，而是因為螢火蟲的命運——壽命到了盡頭就會消失。紗月這時清楚了解了從少女眼裡流下的淚水有何涵義。而她會挑選《羽衣》的原因，或許也是因為將故事角色與自身境遇重疊了也說不定。

轉瞬之間，只有一個夏天的戀愛——

紗月一想到晄和她，就感到心臟被人揪緊般難受。

「沒什麼好悲傷的，她反倒會因此不留任何遺憾。」

「但是，晄他……」

「不要緊，他會遺忘的。在妖異前往黃泉之際，就會從人們的記憶中消失。然後人類的時光就會像什麼事也沒發生過般……繼續流逝。」

「這種事……」

太過分了。這句話哽在紗月的喉頭，說不出口。

「紗月。」

她一抬起頭，影野就像要安撫她似的輕拍了她的頭。

「雖然是一瞬間，卻也是一輩子。能夠與生命長度不同的人共享相同的時光，圓滿地度過一生，對妖異而言是至高無上的幸福。這比什麼也沒留下而隕落的性命來說，意義大得多了。」

影野如此開導她，紗月不禁凝視著他。總覺得影野的每一字每一句都蘊含著深刻的意義。他那略顯哀傷地垂下的眼眸中，閃爍著某種沉靜的光芒。

「即使晄會忘記……自己的努力也一樣？」

「即使沒了記憶，靈魂仍會記得。所以那並非毫無意義。而且總有一天——當少年再度墜入愛河時，他那曾愛過某人的記憶，或許也能讓某人獲得幸福；而生命得以圓滿的螢火蟲，或許有一天也會重新轉世，再度相逢。這對兩者而言都是幸福的結局，妳可以為此感到高興。」

紗月總算明白影野推薦和歌集給少年的真正原因了。那並不是單純針對少年表白行動的鼓勵，而是包含了「因為僅有此時此刻，所以一剎那也不要錯過……別放過這一輩子只有一次的時刻，好好努力」的意思在內吧。一想到這裡，紗月的胸口隨即溫熱了起來。

晄向他們鞠躬後，就跟少女一同離開了商店街。

「啊……」

在紗月目送著兩人好一會兒後，她看見有螢火蟲的光芒舞動著。

或許連夥伴都在祝福他們也說不定。

竭盡全力地傳達心意；賭上性命談戀愛。明明是脆弱而虛幻的存在，卻擁有著強大的生命力。

「我也還想再談戀愛，這次一定要談一場讓我覺得『一生只有一次』的戀愛。」

紗月不由得低語。影野什麼也沒回。不過，單是他待在自己的身邊，自己原本泫然欲泣的情緒就自然而然地平靜了下來。

或許是託螢火蟲柔和的光芒之福，總覺得影野比平時來得溫柔。包括剛才的那個表情在內，他是不是也曾經跟某人談過一場苦悶的戀愛呢？

回望影野澄澈的眼眸，令紗月產生不可思議的感覺。

她總覺得自己也曾像這樣跟某個人一起度過。

究竟是何時、跟誰呢？她想不起來。一日過於努力回想，太陽穴一帶就會開始沉重起來並感到痛苦。

（又來了，是不讓我……繼續回想下去的訊號。）

自己究竟要到什麼時候才回想得起來呢？還是永遠都想不起來了呢？紗月感到煩躁，呼地吐了口氣。

「怎麼了？」影野擔心地望向她的臉。

「不，只是影野先生那出乎意料的一句話，令我思考了許多事而已。」

紗月驀然回首。一旦有狀況發生，她總會哭著逃跑；或許是一味地往輕鬆的方向逃，而看不見真相。明明眼睛看不見的事物才是真正重要的，那些凝聚成具體存在的事物才是最重要的。

——為了避免後悔，一定要好好將重要的事傳達出去。

她覺得今天總算明白自己有所不足的部分有何意義。下次談戀愛時，一定要好好將真心話傳達出去。無論是自己的想法、感受、重要的事物，都不能夠忽視。

如果這份湧上心頭的心情在某天成了形，就毫不猶豫地傾訴吧。紗月一邊這麼想著，同時仰望影野。他也察覺到視線而回望紗月。在這瞬間，紗月感覺到自己的心跳加速，熱度緩緩爬上耳際。

（我今後也想待在這鴉翅堂書店……跟影野先生一起……）

自然湧現的想法令紗月感到困惑且難為情，她對影野露出微笑。結果影野卻像遭到突襲般蹙眉。

「幹麼突然笑起來？」

「沒事。我當初是為了尋找退路而回到故鄉。然而，一旦待在這裡，我就有種能與客人一同發現重要事物的感覺。我很慶幸能在這裡工作，影野先生，謝謝你。」

沒錯，自從開始在鴉翅堂書店工作起，自己就一直在學習重要的事情。

「真是出乎意料地坦率啊，要是天下起紅雨就傷腦筋了。」

「影野先生也是，偶爾也試著和藹可親一些，坦率一些如何？」

「多管閒事。要打烊嘍。」

影野冷淡地這麼說，走回店裡。

他還記得自己前陣子說過的「希望你總有一天也能為我開出適合我的處方書」嗎？他所推薦的書籍，總能引導客人解決自己潛在的煩惱。

如果他能為自己開處方，會挑選怎樣的書籍呢？紗月對此深感興趣。既然如此，自己所追求的真正願望究竟為何呢？如果是影野，能否洞悉連紗月都還無法看見的事物呢？

紗月回到店裡，發現了晄遺忘的和歌集，她端詳著扉頁的螢火蟲圖畫後，翻開第一頁。上頭這麼寫著：

不為人知之戀慕，如百合隱身於夏草；然而流螢之愛戀，乃盛燃殆盡始滅卻。

——藤原定家

「總覺得曾在古文課學過這首和歌，究竟是什麼意思呢？」

如同接續紗月的低語般，影野低沉而甜美的聲音疊了上來。

「如同在繁盛夏草中悄悄綻放的百合花般，世間亦存在著不為人知的戀情，螢火蟲卻難掩自身思念，而迸發所有熱情地飛撲而去——這是將螢火蟲的模樣比擬為愛戀之情而吟詠出的詩歌。」

「是一首既溫柔又苦悶的和歌啊。」

影野沒有點頭，只是以視線追尋著點綴在書上的文字。

在和歌下方，刊載著代表螢火蟲想法的作者返歌❺。

【無論如何壓抑對你的心意，依然無法阻止滿溢而出的思念。我想將因你而心焦的這份心意毫無保留地和盤托出。即使是轉瞬即逝的生命，也能將這份心意傳達給你嗎？】

（簡直就像在描述螢火蟲妖異的心情。）

紗月一邊以手指輕撫著文句，回想著那化為失聰國中女生的螢火蟲妖異，她那令人心焦的戀情撼動著自己的內心。

（說不定，她會化為國中女生的模樣，就是為了跟晄相遇……）

「影野先生，你剛才說只要生命圓滿就是幸福；即使失去記憶，魂魄也會記得。但答

❺在收到他人饋贈的和歌後回應、答覆用的歌。

案只有一個嗎？」

紗月低喃。並將自己的感受就這樣拋給影野。

「我想跟對方一起活下去，不願從對方的記憶中消失。」

會這麼想，是因為紗月失去了記憶的緣故嗎？

她忍不住認真地這麼傾吐道。感覺影野的眼眸微微游移。

「如果是影野先生，你會怎麼做？」

「我嗎……這個嘛，誰知道。」

影野這麼回答就闔上了書。

「啊，我可以再讀一下這本和歌集嗎？」

「隨便妳。下次那個少年再到店裡來，就由妳交給他。」

影野會挑選這本書，是基於怎樣的想法呢？打從第一次見到對方起，他簡直就像對晄的一切瞭若指掌般。

是與白銀為首的妖異有所關聯的緣故嗎？僅止於此嗎？

紗月遠遠眺望的影野身影一直深深黏在她腦海裡，遲遲無法消散。

夏日慶典當晚，紗月在回家吃完晚餐後，就立刻請出院的外婆替她穿上浴衣，享受睽違已久的家族團圓時光。

然而，聽見慶典鑼鼓聲後，她就感到在意不已，也覺得就這樣脫下浴衣相當可惜。

（只要不靠近神社就行了吧？）

「我稍微去看一下慶典的情況。」

紗月對看著電視的外婆及母親打聲招呼後，就穿上了草鞋。

夏季的日照較長。儘管夕陽已經西下，夜空仍呈現明亮的紫羅蘭色，並掛著淡淡的月亮。紗月走在田間小徑上，緩緩以紅色鳥居為目標，往位於透馬山山麓的透馬山神社前進。她看見燈籠搖晃，與身穿和服的情侶或家族錯身而過。她原本只是打算稍微逛逛攤位，卻像受到吸引般逐漸往神社前進。

（只是稍微待一下，應該沒有關係吧？）

紗月對自己這麼說，一邊感受著夏日風雅，邁步前進。

她的浴衣是藍底布料，加上淡紫色、粉紅色的牡丹及芍藥等花朵圖案，再搭配紫藤色腰帶。由於沒時間上美容院，紗月只將頭髮往上盤起，並插上附有花朵的髮簪。這令她看起來顯得比平時成熟許多，卻也不減迷人可愛的風采……應該吧。

像這樣出門後，紗月才想到機會難得，應該塗上指甲油並做些漂亮裝飾才對。一邊這麼想，她一邊踏著穿不慣的草鞋喀噠走著。

隨著靠近紅色鳥居，通往神社表參道的長階梯就映入了眼簾。在階梯口，一名熟悉的人物站在那裡。

對方似乎也察覺到紗月而轉過身來。那瞬間，紗月的心臟一口氣狂跳起來，害她還以為心臟要蹦出來了。

「影、影野先生？」

影野一如既往地身穿黑色和服，沒有任何不協調感。然而也沒有打算享受慶典的模樣。

「嚇我一跳，沒想到你竟然在這裡。」

紗月戰戰兢兢地靠近，影野立刻傻眼地開口：

「我是在等妳。因為我就覺得會變成這樣。」

自己的行動又被對方看穿，紗月無言以對。

「因為……聽見了慶典的鑼鼓聲，令人很在意不是嗎？而且外婆又幫我穿上這麼漂亮的浴衣，馬上換下也太可惜了……」

「於是，妳原本打算只逛逛攤位就好，卻還是按捺不住……嗎？」

「……是的。」紗月縮起肩膀。她已經做好了被影野要求立刻折返的心理準備。然而，影野卻將原本想說的話吞了回去，只是目不轉睛地盯著紗月瞧。

「……人類的變化也能如此之大啊。」

「討厭，很不像我對吧？客套話就免了啦。」

紗月感到難為情地回了自貶性質的話。

「妳以為剛才那句話是稱讚？哎，就當作妳思考相當正向吧。」

但影野如此挖苦，令紗月滿臉通紅。

「真是的，如果你是想貶低我，請不要用那種半吊子的說法啦。」

紗月刻意嬉鬧，影野則裝作沒有聽見。「走吧。」接著，他用下頜指了指階梯前方。

「咦？」

「如果只是一下子，我可以陪妳。」

出人意表的話語令紗月愣住好一會兒……

「如果妳決定不去了，那倒也好……」

影野正要作罷……「我要去！」紗月立刻氣勢十足地回答，連忙跟了上去。

然而，穿過鳥居後，紗月仰望著數百級階梯，不由得嘆了口氣。紗月以前似乎經常跟外婆一起來參拜，真虧自己從前爬得上去啊。她不禁佩服起自己來。

「通往神社腹地的階梯相當長啊。」

垂掛在左右兩側的燈籠緩緩搖曳，充滿夏日慶典氛圍的模樣極為風雅。香客雖然不多，但大家都愉快地爬上了階梯。

紗月也跟在影野身後爬上階梯，但身著浴衣會讓步幅變小，只能緩步前進。影野的身影一點一點地遠離，雖然他偶爾會轉過頭來，但還是跟平時不同，相當難跟上。紗月拚命爬了上去時，聽見小孩子的嬉鬧聲，注意力被吸引了過去，卻被映入眼簾的事物嚇了一跳——那裡竟然有著野篦坊❻。

「呀啊！」

紗月連忙想逃跑，草鞋卻絆了一下，差點往前仆倒。

這瞬間，由於有人抓住她的上臂，紗月才得以在千鈞一髮之際平安無事。是影野拉了她一把。

「謝、謝謝你。我、我剛才……看、看見……沒有臉的野篦坊！」

紗月慌張地說明，影野就像在說「妳看吧」似的低頭看著她。

「所以我才會那麼說。」

「剛才的究竟是……」

「八成是小狸貓吧。只是在惡作劇罷了，放心。」影野無動於衷。紗月緊抓住他，總算撐起癱軟的身體。結果由於影野的浴衣衣襟敞開，那充滿男子氣概的胸膛若隱若現，淡淡的薰香氣味令紗月頭暈目眩。

（這種情況也很令人傷腦筋啊……！）

紗月刻意避免讓對方看見自己的臉，影野則嘆了口氣。

「在這種情況下，這麼做也是沒辦法的事，失禮了。」

「咦？」

影野牽起紗月的手，再度邁開步伐。

「慢慢走就行了，我會牽著妳，所以走路時看著前方。否則在旁人看來，會覺得妳是個怪人喔。」

「好、好的……」

（怎麼辦？這麼一來簡直像在約會一樣。）

紗月一邊感覺到內心深處發燙起來，同時緊緊回握住影野的手。

（沒想到影野先生竟會牽起我的手……這不是在作夢吧？）

紗月過於緊張，感覺掌心都要滲出汗來了。就在她一邊煩惱著「該放手還是繼續握住比較好」，一邊登著石階時，終點不知不覺間已經近在眼前。在總算抵達神社腹地時，紗月已經感到喘不過氣而相當難受。

❻臉上無眼口鼻的妖怪。

然而影野卻一滴汗也沒流。

試著轉頭回望自己爬上來的地方，可以將透馬村盡收眼底，涼爽的風冷卻額頭滲出的汗水，夏天獨特的嫩草香氣宜人，撫慰著自己的心。

（難不成……）

紗月看向影野的側臉。難不成他從一開始就打算帶自己來嗎？影野像那樣埋伏等候著紗月，令她不由得產生那種期待。影野平時雖然態度冷漠，實際上總是相當溫柔。一旦意識到這一點，胸口深處就騷動不已。

此外，看見兩人相繫著的雙手，更令紗月心跳加速，怦怦的心跳聲甚至傳到耳畔。她認為自己會喘不過氣，多半不是因為爬上階梯的緣故……而是開始微微散發光芒的這份想法所導致的。

看見在正殿前方，端坐於寫有「奉納」兩字的石頭上那對左右對稱的狛犬像，紗月停下了腳步。影野也因此轉過頭來。

「這麼說來……不曉得伊織是哪一隻呢？」

紗月不由得輕撫位於自己右手邊的狛犬像，影野則繼續前進。

「狛犬像不過是妖異附身的對象，與其實際的姿態不同。同樣地，他們化為人形的模樣也不過是虛幻般的存在，別過於投入情感。」

「我原本以為只要來這裡就能見到他，不過他畢竟人在東京吧。另一隻也會成為妖異嗎？」

「別拖拖拉拉的，走了。」

影野用力拉起紗月的手，她也連忙跟上。

「啊，請等一下。」

兩人一起排在正殿前方，等候參拜。

「妳要許什麼願？」

「我嘛……如果說出來就無法實現了，所以是祕密。」

紗月故弄玄虛地這麼說。「是嗎？」影野只是瞥了她一眼這麼說。這時，紗月的視野突然扭曲，如煙霧般變得朦朧，影野的臉看起來就像變成了兩張。

（啊……）

片段的記憶在腦中復甦。之前也曾感覺到的噪音竄過。就像早期電視的雪花畫面般發出沙沙聲響。

接著，聲音在耳畔響起——

『約定？』

『約好嘍，別忘了。』

——咦？

紗月不由得眨了眨眼，環顧左右。自己明明沒有打盹，卻看見了與夢中相同的聲音與景象。

當她回過神來時，影野已經面對著正殿，雙手合十了。

剛才的究竟是什麼？就在紗月感到茫然時，影野回過頭來。那與自己剛才看見、曾在夢裡出現的少年容貌重疊，令她吃了一驚。

「紗月，後面塞車嘍。」

影野提醒，紗月連忙向排在身後的一家人致歉。

「啊，對不起。我馬上就……」

她投入香油錢，雙手合十。

（希望外婆可以趕快康復……還有，希望我跟影野先生的感情能夠愈來愈好。）

參拜完畢後，她看向影野，此時已經完全沒有異狀了。這是理所當然的，他不可能是那個少年，如果是的話，第一次見面時應該就會察覺才是。

（難得來參加慶典了，當然得好好享受才行。）

紗月轉換心情，看向位於正殿左側的神社護身符販售區。

上頭排放著交通安全、家庭安全、生意興隆、消災解厄等御守。

她不經意地與影野四目相交，內心怦然悸動。紗月感到難為情地低下頭，又意識到再度握起的手而心跳加速起來。

（我們現在這樣就像情侶一樣……）

紗月勉強按捺住湧上的情緒。冷靜下來……她這樣告訴自己並看向眼前景色時，影野的手啪地抽開。

「妳待在這裡等我一下，別亂動。」影野說完，就鑽進了人潮裡。突然被放開手有些無助。究竟是怎麼回事？紗月等了一會兒，影野就回來了，他將印有透馬山神社字樣的白色紙袋交給紗月。

「這個給妳。」

「給我？我可以打開嗎？」

影野一頷首，紗月就取出了裡面的物品。叮鈴的清脆鈴聲響起，那是個附有可愛鈴鐺的紅色御守。該不會是見紗月一副眼饞的模樣才買來給她的吧？紗月還來不及感動，影野就冷冷地開口：

「這是消災解厄用的，因為妳太容易招引各式各樣的災禍了。」

「真是的，這種話是多餘的啦！難得人家本來還開心地想向你致謝。」

紗月鬧彆扭地這麼說，影野一臉嫌麻煩地傲慢開口：

「已經心滿意足了嗎？不需要吃些什麼或逛些什麼嗎？」

影野這麼一說，紗月不由得看向他的臉。一想到他願意陪著自己，她就開心地放鬆臉頰。

「妳在奸笑什麼？可別搞錯了，我只是想趕快解決事情而已。」

影野不悅地這麼說。不過紗月覺得他再度握起自己的手的態度才是真心話，心頭有些癢癢的。

「我知道啦。也謝謝你送的御守，我會好好珍惜的！」

紗月笑著這麼說，將御守小心地收進束口袋裡後，就開始環顧起攤位區，尋找有沒有什麼有意思的東西。棉花糖、炒麵、章魚燒，在固定菜色林立的慶典攤位上，還可以看見孩童在射擊區或釣水球區玩耍的身影。

白色月亮高掛在逐漸染成青色的天空中。慶典鑼鼓喧囂、紅色燈籠，以及人聲鼎沸。紗月一邊從中感受夏日風雅，同時望向連接裡參道的紅橋。只要走過那裡，就能抵達有小河流淌的散步道。對了，如果是這個時節，或許還能看見螢火蟲。

「我可以過去看看嗎？」

紗月拉了拉影野的手，他沒有多加抱怨地跟了上來。就在兩人並肩走過紅橋時，突然有種羽毛撫過臉頰般的觸感，令紗月停下腳步。耳畔甚至傳來振翅聲，讓她吃驚地轉過頭去。然而那兒什麼也沒有。

（什麼？又是某種妖異嗎？是我的錯覺嗎？）

「怎麼了？」

「啊，沒什麼。」

要是自己過於吃驚，影野想必會說要回去，並將她強制遣返吧。所以紗月決定噤口。如同受到螢火蟲的光芒吸引，紗月與影野一同在引導下緩緩前進。結果，螢火蟲閃爍著光芒飛舞起來，宛如點綴著無數繁星的夜空。

「哇啊……好棒，有好多螢火蟲的光芒……」

紗月不由得發出感嘆的聲音。由於夜空與燈籠的光芒照亮河岸，使得夢幻的氛圍愈發擴散。簡直就像繪本《銀河鐵道之夜》中的內容。

「現在正是最美麗的時刻啊。」

影野以深有感慨的聲音這麼說，令紗月突然有種既視感。自己以前似乎也在夢裡有過這種感覺。不對，她認為這並非夢境也不是既視感，究竟是什麼呢？雖然她鍥而不捨地回憶，卻想不起來。

「怎麼了？」

影野詢問，讓紗月回過神來。

「啊，沒事。後來我也讀了一些書。據說晚上會發著光飛舞的源氏螢幾乎都是雄性，而待在草木葉片上不動、散發淡淡光芒的則是雌性，雄性源氏螢是為了向雌性求偶才會發出強烈的光芒喔。」

這麼一想，簡直就跟晄與螢火蟲妖異少女之間的關係一模一樣。

「不曉得他們倆有沒有一起來過這裡。希望即使分離之日到來，她總有一天也能轉世重生，並擁有能夠相守的未來。」

紗月心懷略微苦悶的想法，同時因螢火蟲的光芒看得出神。牠們竭盡全力綻放光芒的模樣相當高貴，令人覺得一瞬間也不容錯過。

「……轉世重生嗎？」

一陣風拂過，樹葉摩擦的沙沙聲令周遭嘈雜起來。在小河上飛舞的螢火蟲那夢幻般的光芒，令依然牽著手的兩人稍微看得出神。

炙熱的情感接二連三湧上心頭，令紗月感到不知所措。自己的心臟從剛才起就怦怦狂跳著。纏繞的指尖讓心臟彷彿被細線緊緊綁縛般，湧起甜美的疼痛。

影野如此溫柔對待自己，讓紗月十分開心。無論是收到他送的御守，或是他願意帶自己來慶典的事也好。想跟他在一起，今後永遠如此。她自然而然地導出這樣的結論。每當發現他一點小動作就感到心動不已，這份情感一定是——

就在答案呼之欲出時，突然一陣強風刮來，自己的肩膀被推動般碰觸到影野。影野也轉過頭來，兩人的視線就此相對。

剎那間，紗月的內心難以抑制地紛亂了起來。潰堤的情感一口氣湧上，氣泡就像噴溢而出的汽水一般接二連三地浮出。因為感覺到連耳朵都在發燙，自己現在想必是滿臉通紅的狀態。

紗月發現了原因。

啊，原來如此。我喜歡上這個人了。

一想到這裡，紗月就無可救藥地覺得他十分惹人憐愛，覺得自己的心情十分可愛，不由得想要哭泣。紗月一邊按捺住因情緒盈滿胸口而差點奪眶而出的眼淚，同時張開顫抖的雙唇。

「影野先生，謝謝你帶我來夏日慶典。」

紗月由衷地這麼說。而影野並未挖苦她，也沒有粗魯地回應，僅是嘴角微微揚起。他那溫柔的微笑，令紗月也不由得綻放笑容。好開心，能夠像這樣待在一起的時間真是幸福——她這麼想。

衣袖相觸，御守上的鈴鐺叮鈴地發出溫柔聲響。那甜美的音色，彷彿象徵著紗月內心變化的預兆。

第四話　他的祕密

每當紗月一動，清脆的鈴鐺聲就會響起。

一旦澄澈的音色傳進耳裡，慶典那晚的甜蜜心情就會復甦。

自那天起，紗月就一直隨身攜帶著影野送給自己的御守。平時自然不用說，連工作時都會收在圍裙的前口袋裡。

（所謂的戀愛，原來是這種感覺啊……）

從紗月的唇瓣溢出溫熱的嘆息。在這之前，自己明明只是為了能夠在古書店裡工作而愉快得不得了，現在卻因為太過在意影野而感到尷尬；過於因為他的一句話而影響心情好壞；因為想了解他而感到糾結。

她難掩劇烈的心跳，而不由得以指尖輕撫御守上的鈴鐺。

鈴鐺聲並不大，不至於令人感到刺耳，但在鮮有顧客上門的寂靜店裡則顯得異常響亮。她還曾因此被影野揶揄「即使不監視，也能輕易得知妳現在在哪裡工作」。

（把它作為消災解厄的護身符送給我的人，明明就是影野先生自己……）

自己完全被視為麻煩製造者了。即使如此，紗月還是因為受到關照而開心；影野也逐漸對紗月敞開了心房，自從一同前往夏日慶典後，她感覺彼此間的距離縮得更短了。這令紗月十分高興。

強風吹拂，入口的玻璃門發出喀噠聲響。紗月受到聲音吸引而望向門外，只見掃帚雲飄過天際，種植在田間小徑上的銀杏樹，金黃色的樹葉沙沙搖晃著。

一個夏天的時光——螢火蟲的季節已過，就在無法得知晀與少女後續發展的情況下，時序來到了秋天。只要眺望遠方，就能得知透馬山整體的紅葉已經逐漸開始轉為紅黃。

今早的電視新聞報導了明明才到十月下旬，卻已經出現十度以下異常氣候的消息。被稱作雪國的這個地方，秋季原本就非常短暫。人們才剛要沉醉於紅葉美景，冬季眨眼間就會到來。

紗月感覺到寒意時會披上開襟衫，但由於寒風會從老舊房屋的縫隙鑽入，腳邊尤其容易變冷。明天在底下穿套厚緊身衣吧。現在沒有辦法，總之只能盡量活動身體。

紗月這麼想，將自己的雙臂交叉，搓摩著肩膀。

她因為看見展示在店面入口附近的文庫本在強風吹拂下翻起頁來，而調整著擺放位置，同時還瞥向了櫃檯的方向。

（好漂亮的人……）

其實，在紗月來上班時，有名女性顧客上門光顧，並與影野交談著。那名女性身穿淡紅色和服，腰繫紅色腰帶，一舉一動都十分美麗；她柔和的微笑帶有連同為女性的紗月都不由得心頭一顫的豔麗。該說是高雅嗎？她帶有習慣和服的花魁般氣質。

影野喜歡的女性會是和服美女嗎——雖然紗月曾經作此想像，但實際目睹他與如此豔麗的和服美女站在一起，卻有種難以言喻的複雜心情。

紗月一邊清掃著書架，一邊望著兩人的模樣。

「我這裡有很不錯的和服喔。因為覺得會適合你，就替你準備了。」

她以撒嬌般的聲音說著，纏上影野的手臂。那習以為常的模樣令紗月感到震驚。

「珠華，妳的頭髮很亂，髮簪都快掉了。」

影野叫喚她名字的聲音過於清晰，令紗月想摀起耳朵。

「真討厭，幫我整理好。」

「轉過去，不要動。」

當珠華轉過身來，正巧與紗月四目相交，她對紗月露出一個妖冶的笑容。

紗月感到吃驚，僅是微微低下頭，迅速移動到書架區。心臟討厭地怦怦作響。影野似乎沒有注意到紗月，手指碰觸著珠華的頭髮。這一幕深烙在紗月眼底久久不去，這令她感到胸口灼燒般疼痛。

（他們倆是什麼關係呢？難道說，她是影野先生的……女友嗎？）

真是對如畫一般美麗的男女。在投以豔羨的眼神的同時，她也感覺到內心煩悶起來。如果他們是情侶，那他的態度特別就是理所當然的了，但要是他平時也能對自己笑得如此爽朗該有多好？

這麼一來，客人就會更容易上門，紗月也能跟他更友好相處。夏日慶典那晚，他牽起自己的手，不會對那名女性過意不去嗎？還是說，那只是把紗月當成孩子看待呢？

愈是思考，就愈發湧起無謂的焦急不耐、煩躁與寂寞，令內心深處變得漆黑一片。一想到她在紗月不知道的地方獨佔了那個笑容，難以言喻的情感就湧上心頭。

（這麼看來，我果然真的像個孩子，竟然吃人家的醋，真不像話。）

從他們的相處模樣看來，兩人認識的時間比紗月長上許多，會要好是應該的。然而，自己卻因為影野對她比對自己的態度更親暱而火大，未免也太自作多情了。

陷入自我厭惡的紗月輕輕嘆了口氣，走向他們看不見的書架區，途中突然有人輕拍自己的背，讓她吃了一驚。

「紗月小姐～」

紗月轉過身後，隨即映入眼簾的，是一名面帶笑容的女孩——不對，正確地說是穿著女裝的男孩——伊織的身影。

「伊織！」

「妳好！好久不見。應該說，是從那天起到現在吧。」

伊織難為情地嘿嘿笑著。

「嚇我一跳，真的好久不見了。我後來也一直很在意，不曉得你過得如何呢？你好嗎？」

「託妳的福，我才能在各方面都拋開迷惘，不認輸地努力喔！」

伊織挺起胸膛得意地說。看了他可愛的動作，紗月也下意識地微笑起來。

「看來似乎很順利呢，我也有拜讀後續內容，而且覺得故事正朝著很好的方向前進呢。」

「真的嗎？聽妳這麼說，我真開心。」

伊織眼睛閃閃發亮，十分欣喜。

其實，紗月十分在意伊織後來的情況如何，所以有偷偷確認《妳與天象儀》有沒有順利繼續出版。

「嗯，能看見你充滿精神的模樣，我鬆了一口氣。」

紗月看著依然身穿可愛女裝的伊織，視線無論如何都會瞥向他的帽子及腰部，試圖尋找藏起來的獸耳及尾巴。

伊織是狛犬的妖異——這件事由於只是從影野那裡聽說的片面之詞，老實說紗月還是半信半疑。雖然自己當時也親眼目睹了，但現在這樣看起來，根本與常人無異。

伊織露出不知所措的神情，怯怯地開口：

「呃，那個……妳已經聽說我是狛犬妖異的事了吧？」

伊織沮喪的模樣令紗月回過神來。

「嗯、嗯……抱歉，一直盯著你看，感覺很不舒服吧？」

紗月連忙道歉。伊織則下定決心般挺直背脊。

「沒關係，是我不好，我不該瞞著妳。」

他這麼說完，脫下帽子。

「哇！」紗月吃驚地叫出聲來。因為在伊織頭上的左右，長了一對人類不可能會有的尖耳朵。

內心想像與親眼目睹的感覺果然還是不同。紗月這才理解到伊織真的是妖異的事實。

「紗月小姐，妳看了我這副模樣，會討厭我嗎？」

伊織垂下長長的睫毛，一臉悲傷地說。

紗月誇張地用力搖頭。

「沒這回事！我的確吃了一驚，不過伊織還是伊織啊。」

這當然並非客套話，而是真心話。

伊織的表情亮了起來。他的大眼睛溼潤地晃漾，彷彿隨時會流下淚來。

「老實說，我很不安，所以才會遲遲不敢來見妳。不過，我也覺得如果是紗月小姐就會這麼說。謝謝妳。」

他那副有著隨時要搖起來的尾巴以及耳朵的可愛模樣，令紗月心癢不已。

紗月面對伊織時，果然完全沒有像白銀那時的恐懼感。不僅如此，即使他展現了這副模樣，紗月還是完全無法相信伊織真的是妖異。

「呃，那對耳朵可以隨心所欲地收放自如嗎？」

紗月雖然不知道自己的敘述方式是否正確，但她一邊回想起白銀的事，一邊這麼詢問伊織。伊織在過來這裡時會戴上帽子遮住頭部，但白銀的耳朵則是突然出現的，所以她很在意這究竟是怎樣的構造。

「嗯～哎，能收放自如沒錯，只要調整妖力就行了。」

妖力……伊織這麼一說，即使自己原本不害怕他，也會不安起來。

「啊，別擔心。我不會採取會對紗月小姐造成危害的力量使用方式。」

紗月聽他這麼說，這才鬆了口氣。

「我平時都會確實地控制好妖力，消除妖異的氣息，所以才能裝成普通人類。而現在則是相反的情況，因為沒有壓抑妖力，妳才能也看得見我的耳朵。不過，即使在這種狀態下，普通人應該還是看不見的喔。」

換言之，自己並不是普通人——他的意思就是如此。無論如何，紗月都難掩自己的不知所措。畢竟自己在夏日慶典當晚也曾看見小狸貓變成的野篦坊，而其他人確實沒有看見。

「雖然搞不太清楚，但我至今還是難以置信。有種半夢半醒的感覺。」

紗月感到沮喪，伊織窺見她的神情，連忙加以安撫。

「這也難怪啊，像我要坦白自己的真面目也需要勇氣。不過，只有這一點我能保證，我不會做壞事的，因為我是紗月小姐的夥伴！」

伊織堅定地搖了搖尾巴，讓紗月想起以前老家養過的狗，情緒又激動起來。不能受到「好想摸尾巴」的衝動支配……雖然她拚命試圖壓抑住湧上自己心頭的情緒，但對方看來還是察覺了。

「嗯，妳可以摸喔。如果想確認這並非作夢，想摸耳朵還是尾巴都可以。」

「真的嗎？那麼就稍微摸一下……」

紗月懷著既期待又興奮的心情，戰戰兢兢地將手伸向伊織的獸耳，那觸感既溫暖又毛茸茸的；尾巴也同樣地蓬鬆又柔軟。

（……感覺……挺可愛的……）

「可、可以了嗎？妳摸得太久，我也會……有一點癢。」

看見伊織一臉難為情，紗月連忙將手抽回。

「對不起，不由得就……」

紗月完全忘記這對他而言是身體的一部分了。

「不過，太好了。我就是想看看紗月小姐的這個笑容，所以能見到面，我非常開心。不過，也有一點擔心。」

「擔心？」

紗月一臉摸不著頭緒地看著伊織。

「因為妳似乎沒什麼精神，有種滿腦子都是煩惱的感覺。」

自己的確直到前一刻為止都還十分煩悶，沒想到竟然表現在臉上了。沒有自覺的紗月對此大受衝擊。

「真是的……紗月小姐，妳是屬於對自己的事情很遲鈍的類型啊。雖然我隱約可以明白原因。總之，就是獨佔老闆的那個女人造成的吧？」

被伊織說中原因，令紗月的內心掀起波瀾。

伊織從書架探出半個身子，目不轉睛地觀察正打算離開櫃檯走出店面、名叫珠華的女性。

「其實，因為我聽影野先生說妳察覺了我的真面目，原本覺得不知道該怎麼來見妳，直到剛才都在隱藏氣息觀察情況。不過，一看見紗月小姐似乎沒什麼精神，我就忍不住跑出來了。妳因為被排除在外而感到寂寞吧？」

伊織說完，擔心地仰望紗月。

「伊織你真是的，我沒這麼想喔。只是因為影野先生是祕密主義者，沒想到竟然有跟他如此親暱的女性存在……而感到吃了一驚而已。」

紗月盡量以開朗的語氣輕鬆帶過。

實際上，一回想起剛才珠華與影野之間那宛如夫妻的舉動，她就有種被迫喝下泥水般的感覺，胸口痛苦不堪。

她會感到寂寞，或許是因為認為自己與影野拉近了距離。既然如此，那可真是一廂情願的傲慢想法。畢竟他與紗月之間不過是在古書店共事的關係。

「妳所感覺到的不僅止於此吧？」

伊織鼓起臉頰。紗月避免與他視線相對地回答：

「聽說她叫作『珠華』小姐。因為兩人實在太過登對，我在想他們會不會是一對情侶。」

「一定不是的，不用擔心。」

伊織像是要鼓勵紗月般斬釘截鐵地這麼說，握住了她的手。

「等等，伊織，你誤會了什麼吧。我並沒有……」

「妳儘管向我發牢騷無所謂，彼此彼此啊。影野先生竟然放著紗月小姐不管，很過分對吧？」

「沒那回事，所以說我……我只是很在意他們倆之間是什麼交情而已。」

紗月對自己剛才兀自鬧著彆扭一事感到難為情，她含糊其詞。不過，伊織似乎已經看穿了一切，他不以為然地回了個白眼，令紗月為之語塞。

「紗月小姐，妳真愛逞強，一點也不坦率。」

伊織像是要安撫她似的輕聲說道。

「……是啊，或許吧。」

紗月覺得有些認同。就像有人拿著針縫合她的胸口正中央似的。

「不是『或許』，而是『正是如此』喔。」

伊織如此斷言，令紗月愈發沮喪。結果伊織又驚慌失措起來。

「呃，妳別誤會，我這麼說不是想欺負妳喔。我的意思是，如果發生什麼事時，妳應該更貪心一點，用不著裝出一臉若無其事的表情。我沒說錯吧？痛苦時就該說痛苦，不是嗎？如果是小孩，就會哭著說出來吧？這不是理所當然的事嗎？但人類一旦長大成人就忘了這一點，實在令人焦躁難耐啊。」

「伊織……」

「我認為想向前邁進的紗月小姐非常棒喔，我也是因為遇見了妳，才獲得了鼓勵。不過，我認為『積極正向』與『勉強自己打起精神』是兩回事喔。」

伊織似乎真的十分焦急地這麼說。

「我看起來像是在勉強自己嗎？」

「嗯，看起來是。妳明明很在意老闆與那個女人之間的關係，卻刻意裝出一副『不關我的事』的表情。」

被伊織直截了當地擊中痛處，紗月不知該作何反應才好。

「真討厭。我會覺得寂寞是事實，不過這麼一來，不就顯得像是我在嫉妒珠華小姐了嗎？」

「應該說，難道不是那樣嗎？」

都說到這種地步了還在裝傻——伊織的視線就像在這麼說一般，令紗月感覺到自己的臉頰發燙起來。

「真、真是的，別再繼續這個話題了啦，伊織。」

紗月坐立難安地轉過身時，叮鈴的鈴聲響起，伊織的獸耳抽動了一下。

「御守的鈴鐺？」

敏銳的指摘令紗月吃了一驚，她對答案般從圍裙取出那個。

「真虧你會發現。」

獸耳果然不只是裝飾品啊——紗月心想。

「因為職務的關係，我已經很熟悉了。那似乎是新的，妳最近去過透馬山神社？」

「嗯，夏日慶典時。這是影野先生送我的，他說是消災解厄的御守。」

「等等，這不是消災解厄的，而是結緣御守喔。」

「咦？結緣？騙人！」

「紗月小姐，妳手中的紅色御守正中央繪有鳥兒對吧？妳翻面看看，上面會以紫色絲線繡出鳥兒的圖案；相反地，在紫色御守上的圖案則是用紅色絲線繡的喔。」

紗月按照伊織的話將御守翻面，另一面確實也用紫色絲線繡製了鳥兒的圖案。

「這圖案意味著成對的比翼連理喔。」

「比翼連理是？」

「『比翼』的意思是比翼鳥，也就是成對的鳥兒；『連理』則是連理枝，兩棵原本是分別生長的樹，樹枝的一部分相連在一起，意思就是感情和睦。」

「原來如此……所以才會是結緣御守。」

「嗯。換言之，這御守代表著締結婚約的男女——也就是夫妻，所以是成對的。即使兩者不得不分離，只要彼此相愛，總有一天仍能結合——這是透馬山神社最高級的結緣御守喔。」

伊織這麼說著，搖了搖尾巴。他充滿了好奇的可愛眼眸裡映出紗月的身影。

「可、可是，他確實告訴我……那是消災解厄用的。」

「他有可能弄錯嗎？影野先生可是最了解這座村莊的人哩。」

伊織的目光就像在表示「影野是刻意將御守交給紗月的」一般，令紗月不由得產生了期待。她愈發覺得御守惹人憐愛，熱度竄過全身。

（影野先生……將它交給我，究竟是什麼意思……？）

「啊，紗月小姐，快看。那女人終於要回去了。」

伊織輕聲說道。影野面帶溫柔的微笑目送珠華離開，接著似乎是察覺到這裡的視線，又像平時一樣板起臉走了過來。

「狛犬來了啊。」影野說。

「能不能別那樣稱呼我？」伊織隨即鼓起臉頰抗議。

「從現狀看來，你並沒有刻意隱瞞自己身為妖異的事。既然是事實，這麼說也是沒有辦法的。有什麼問題嗎？」

影野慵懶地回應，伊織則挺起胸膛強調。

「我可是有個叫作『駒川伊織』的好聽筆名哩。」

「哦，我想起來了。是直到前陣子都還無法創作的大漫畫家老師啊。看來似乎已經不需要擔心了。」

「嗚！」影野刻意的措辭，似乎令伊織懊惱不已。另一方面，紗月僅是目不轉睛地看著影野。

「很過分對吧？紗月小姐。」

伊織搖了搖紗月，她這才回過神來。

「咦？啊，呃，你們剛才說了什麼？」

「算了，沒關係。反正我……」

「對不起，伊織，我剛才在發呆。」

伊織似乎相當喪氣。紗月與影野四目相交，心臟重重地跳了一下。那一瞬間，連臉頰都隨之發燙起來。

「妳今天一直在發呆啊。怎麼了？」

「沒、沒事。我只是在思考該如何調整書本的位置。」

紗月語無倫次地說明，影野隨即淡淡地開口：

「如果身體不舒服，用不著刻意勉強自己來上班。」

「真是的，別總是把我當成麻煩嘛。」

她掩飾般這麼回應。

「狛犬也是，別總是在紗月身旁轉來轉去地妨礙她。要是有棘手的妖異嗅到『氣』而靠近就傷腦筋了。」

影野僅這麼說完，就冷淡地轉過身去。

「唔唔，雖然不甘心，但他說得有道理。今天我就先告辭了。」

伊織不甘心地咬住嘴唇。

「呃，伊織，我完全不認為你會打擾我喔，所以打起精神。」

「嗯，謝謝妳。紗月小姐果然很溫柔，我最喜歡妳了。」

伊織突然摟住紗月，令她雙眼圓睜。或許是想趁還沒被責備前逃跑，伊織戴上帽子揮手道再見後，就輕快地離開了書店。

「他還真是喜歡妳。」

影野的聲音傳來，紗月轉頭望向位於店裡深處的他。

「還是要適可而止。就像我剛才警告他的，妖異會往『看得見』的人身邊聚集，可能會讓妳因此留下可怕的回憶。」

紗月嘆了一口氣。自己雖然不對勁，但影野這陣子也很奇怪，莫名地愛操心。與極度冷漠，甚至還抱持嫌惡感的時期相比，雖然是值得開心的變化，但她總感到難以釋懷。

「呃，影野先生……」

「嗯？」

影野的視線原本已經落在手邊的書上，又立刻抬起頭來直直地看向紗月。他的眼眸一如往常地澄澈。如果是現在，他或許會願意回答自己想知道的答案，紗月下定決心詢問：

「你這陣子為什麼這麼溫柔？」

紗月才一開口就立刻感到後悔，心臟狂跳個不停。她目不轉睛地凝視著他，結果影野先別開了視線。

「只是因為如果有奇怪的妖異纏上妳，會令我深感困擾而已。」

看吧。他送的御守果然沒有特殊意義，不可以抱持期待。

他或許只是一時情急而買錯了。

紗月的腦海裡浮現影野與珠華融洽相處的情景。兀自期待的心情一口氣沉到水底，不僅如此，還有種雙腳被抓住向下拖去的感覺。無法呼吸……紗月忍無可忍，下意識脫口說出嫌惡的話語。

「態度差得還真多啊。」

自己一說出口，眼淚就差點跟著奪眶而出。影野吃驚地看著紗月。畢竟如果是平時，就算他當下冷漠以待，紗月最後還是會毫不氣餒地黏上去吧。

「紗月……」

「我去整理另一邊的書架。」

紗月逃跑似的轉身，迅速地盡可能躲藏到店面深處去。然後她靠著書架，呼地嘆了口氣。

（怎麼辦？我採取了奇怪的態度。不過現在……不行。）

自己一定成了個討厭的傢伙，剛才那樣根本就是在遷怒。

（影野先生，對不起……）

影野只對珠華特別溫柔。要接受這項事實就會令紗月感到難受。自己為什麼會產生這種心情呢？單是看見影野的臉、聽見他的聲音，胸口一帶就會如被勒緊般疼痛。愈是在意，就會愈深陷其中。

不能思考多餘的事，不能深究這份奇特的情感波動。紗月像在唸咒語般反覆自我喊話，告誡自己近乎失控的情緒。

（沒錯，得盡快遺忘……這種討厭的心情才行。）

紗月下意識地握緊包覆在掌中的御守。

伊織回去後，紗月因為覺得跟影野待在一起很尷尬，於是極力避免接近櫃檯。畢竟他的洞察力很強，紗月原本十分緊張，不過目前總之似乎還相安無事。

稍微冷靜下來。再怎麼說，御守也是他擔心紗月，而送給她消災解厄用，單是如此就應該感到高興並珍惜。而且影野現在願意關照自己，關係也已經更加親近了，不可以太過貪心。紗月這樣告訴自己，勉強轉換了心情。

在影野外出的期間，由於在意那些一直裝在紙箱裡的書，紗月站在紙箱前「嗯～」地沉吟。

這些書應該是從紗月來到鴉翅堂書店工作至今都完全沒有動過，就這樣放置在這裡的。雖然影野說過書籍有些狀況，要等時機成熟再拿出來，不過那究竟是什麼意思呢？如果是不能擅自翻閱的書籍，應該就不會毫無防備地放在這種地方吧？受到好奇心驅使，紗月將手伸向紙箱。

從書籍尺寸判斷，那些應該是繪本。正當紗月想抽出一本來看時，聽見開門聲，她連忙離開那裡。

紗月在千鈞一髮之際滑出櫃檯，此時影野正好回到店裡。

她裝作正在整理附近書架上的書籍，卻感覺到手背上有點發癢，紗月「呀啊」地叫出聲來。

仔細一看，是一隻相當大、有著條狀花紋的蜘蛛爬到了手上。紗月原本就因為內疚而心跳加速，被蜘蛛一嚇，心跳數更是一口氣飆高，令她差點沒昏倒。

牠的臀部一帶隆起，略帶紅色。該不會是毒蜘蛛？紗月這麼一想，下意識地甩手，蜘蛛就翩然在地板上著地。

「怎麼了？」影野來到她身旁。

「剛才有隻蜘蛛……怎麼辦，要是有毒就糟了。呃，我去拿掃把。」

紗月大為驚恐，無法好好整理思緒。這時影野抓住慌張的紗月的手，搖了搖頭。

「冷靜下來，那種蜘蛛沒有問題，所以不要對牠動手。不要採取會留下奇妙怨恨的對待方式，這樣一來會麻煩許多。」

影野這麼說完就打開門，開了足以讓蜘蛛通過的空隙等候。蜘蛛一眨眼就滑出屋外，紗月這才鬆了口氣。

「妳害怕蜘蛛嗎？我抓住妳的手臂時，感覺妳的脈搏快得驚人。」

「我當然會嚇到嘍。我想一般人都會有點害怕吧。」

心臟依然在演奏著驚人的撞擊聲響。所謂的「奇妙怨恨」，是指無論何種生物都有可能變成妖異嗎？這麼轉念一想，既然身為「看得見」的人，今後在生活中可得繃緊神經，小心翼翼地提防才行。

「妳今天真的不太對勁，要不要早點回去休息？這裡並不會人手不足。不過妳如果身體不舒服，家人也會擔心吧？」

影野不會說多餘的話，但紗月很清楚他確實是在替自己著想，並非絲毫不關心她。並不是他不對勁，只是紗月本身想了太多無謂的事罷了。擅自認為被置之不理而感到寂寞，自己真的就像個孩子一樣，真是丟臉。

倘若就這樣受到挫折而回家，才會真的無法重新振作起來。紗月深呼吸讓自己冷靜下來後，很有精神地回答：

「再過一會兒就打烊了，而且我正在調整櫃位，才做到一半呢。不要緊，我可以待到最後的。」

「如果妳想做，我不會阻止妳。不過這是什麼？」

影野用下頷示意，紗月看向自己剛才獨自整理的書架區。書籍之間插有小型塑膠立牌，上頭畫了線段或加註了標記，還寫了小段說明或讀書心得。當然，她自認有注意避免破壞古書店獨有的景觀。

「是書店常見的塑膠立牌啊。我原本想說可以作為選書時的參考……不行嗎？」

紗月戰戰兢兢地確認影野的表情。這對於極堅持自己原則、曾表示「若是沒有強烈想法，就無法推薦書籍」的影野而言，算不算是旁門左道呢？

「不，我只是覺得很佩服，妳還真是喜歡書啊。」

從影野的表情看不出他究竟是在誇獎自己，還是對自己感到傻眼；但既然沒有發怒，就當作他並不反對吧。

「你總算明白了嗎？」

紗月雙眼閃閃發亮，影野隨即聳聳肩開口：

「哎，是無妨，不過還是要適可而止。我不喜歡書店變得太過嘈雜。」

「是，我會注意的。」

一獲得同意，紗月就突然提起幹勁來。他開始願意將店裡的事一點一點地交給自己處理，這對紗月而言是比什麼都值得開心的事。

影野苛刻的氣息也比以前和緩許多，有所改變並不盡然是壞事。只要今後也一點一點地順著步調跟他打好關係就好了。沒錯，今後也要保持著像這樣積極正向的心情。紗月如此鼓舞自己。

接下來的一段時間，紗月埋頭於調整書架櫃位的工作上。寒風從縫隙吹進店裡，令她打了個寒顫。

她確認手錶，時間早已過了晚上六點，在她完成了其餘的工作後，外面已經一片漆黑了。

這陣子太陽下山得早，氣溫也驟降許多。寒風此時也敲打著門窗，令整間店面嘈雜不已。

在紗月將工作告一段落時，正好已經過了晚上七點，她摺好圍裙準備回去時，影野叫住了她。

「店面打烊後，我送妳回去，等我一下。」

「咦？」

出乎意料的話語令紗月吃了一驚。影野至今為止從未對她說過這種話。淡淡的期待湧上心頭，但紗月又隨即抹消這樣的想法。

「今晚流動的氣不太好。」

影野的表情相當嚴肅。紗月也表情僵硬，戰戰兢兢地詢問：

「是你之前說過的，邪惡的妖異做的好事……之類的嗎？」

紗月回想起夏日慶典當晚，小狸貓變成野篦坊的事情。會冷不防地出現雖然令人傷腦筋，但自報名號出現也同樣令人困擾。

「這是以防萬一。畢竟妳要是出了什麼事，身為老闆的我也難辭其咎。」

哦，原來如此。在紗月上次詢問影野為什麼這麼溫柔時，他冷淡的回答果然並非真心話。他雖然表面上那麼說，但總是隨時都擔心著紗月。在走出店門後，無論發生了任何事，其實都是自己的責任，影野根本不需要為此費心。然而自己卻兀自鬧著彆扭，她感到很丟臉。

「走吧。」過了一會兒，在影野催促下，紗月走出店面。等待影野鎖好門後，兩人就並肩從商店街走向鄉村道路。

（該跟他聊些什麼才好？）

紗月瞥了走在自己右方的影野一眼。頭一次造訪鴉翅堂書店當天他刻薄的態度，如今已成了遙遠的記憶。他一開始真的很過分。

（跟當時相比，現在的情況根本是奇蹟了。）

這時，影野露出狐疑的表情望向紗月。

「喂，怎麼回事？妳從剛才開始，表情就千變萬化啊。」

紗月從唇瓣溢出笑聲。

「因為你竟然說要送我回去，實在是太罕見了，所以我有一點開心而已。明天搞不好會下雪呢。」

影野尷尬地將視線轉回前方，悄聲說道：

「這麼說來，據說今年的冬天來得較早啊。」

「影野先生，你會看新聞嗎？你沒有手機吧？店裡的黑色老式電話看起來也像裝飾品一樣。」

雖然紗月並未特別留心，不過仔細想想，電話至今為止一次也沒有響起過。

「我是從客人口中聽說的。」

聽他這麼一說，紗月立刻聯想到那位名叫珠華的女性。

事到如今，開門見山地詢問也無妨吧？雖然湧起這股衝動，但她還是鼓不起勇氣，因此只能保持沉默。不過，紗月還是在意得不得了，僅有心跳一味地喧鬧起來，令她感到坐立難安。內心雖然糾結許久，但她最後還是沒能戰勝欲望。

「請問……你與珠華小姐從以前就認識嗎？」

沒能明白問出「你們倆是什麼關係」的自己，實在是個膽小鬼，不過這已經是她竭盡全力的結果了。紗月緊張地等待回應，但影野只有冷冷地回了一句話：

「妳知道了又怎麼樣？」

「沒有，我只是覺得有點在意，不曉得你們在聊些什麼，聊得那麼開心。是你們感興趣的書嗎？」

「這跟妳沒有關係，我也沒有必要告訴妳。」

影野冷淡的說詞令紗月感到不快。這件事跟自己確實無關，而且她也已經習慣影野自認識以來就貫徹至今的祕密主義了，不過自己都鼓起勇氣詢問，他的態度卻明顯不同，令人感到失望。

（不過，我也沒有理由生氣……這也是沒有辦法的。）

紗月沉默了下來，影野隨即露出吃驚的表情。

「妳為什麼要生氣？」

「我、我又……沒有在生氣……」

硬是要說的話，比較接近寂寞、悲傷……不過在第二次碰壁後，她已經沒了坦率表達的勇氣。

「是嗎？在妳眼裡看來，像是聊得很開心啊。」

影野臉上掛著乾笑。

「咦？」

紗月歪頭表示不解。影野脫下自己的和服外褂，輕輕披上紗月肩頭。淡淡的甜香飄來，令她下意識地心跳加速起來。

「咦？這個……」

「要好好保暖，今晚很冷，穿著吧。」

戶外吹拂的風確實非常寒冷，只穿薄外套的話甚至會渾身發抖。

「不過，影野先生你……」

今天吹的究竟是什麼風？

「我已經習慣寒冷了，不要緊。妳看起來比我冷得多了。」

就算妳還給我，我也不會收回來——他就像要這麼表示似的交抱手臂。

啊，自己果然喜歡他這種地方。紗月心想。

「那麼，我就恭敬不如從命，跟你借來穿了。」

雖然開心，但穿上還留有他餘溫的外褂，感覺簡直就像是被影野環抱住似的，果然還是令她難以冷靜。

紗月為了避免意識到這一點，而眺望遠方的景色。

雖然在意那名女子的事，但既然影野不願意說，自己也不打算繼續追問。

（畢竟……他難得像這樣送我回家啊。）

紗月兀自作結後，凝視著影野的側臉。

（難不成……他是在安撫我？）

雖然也有些被當成孩子的感覺，不過這樣也無妨，總比冷漠對待自己好上許多了。紗月用雙手緊抓住有著影野香味的外褂，將下頜埋了進去。

「妳家在那邊嗎？」

影野這麼說，用下頜比了比舊民宅的方向。她家的燈是亮著的。因為今天母親上早班，現在或許正在跟外婆一起準備晚餐。

「對，謝謝你特地送我回來。啊，既然來了，要不要進來喝杯熱茶？」

「不，會打擾妳們的晚餐時間吧，別在意我。」

「那麼，我先把外褂……」

紗月正打算脫下外褂還給影野，但他卻輕輕按住了她的手，搖了搖頭。

「明天見面時再還我就好。陪妳走到玄關前，身體會冷下來的，快走吧。」

他的手溫度還是一樣低，他明明應該比較冷，卻淨是在擔心紗月。

今天的影野溫柔到令紗月不由得思考「他究竟是怎麼了？」，似乎並不是因為自己鬧彆扭的緣故。這麼說來，就是如他剛才所說，事態其實已經嚴重到他必須如此關照自己才行嘍？

（咦……）

紗月冷不防瞥見兩人映照在地面上的影子，感覺到不對勁之處。

不對，正確地說是——一道影子。

（為什麼？）

紗月與影野雖然並肩同行，但在街燈映照下延伸出來的影子卻只有一個。並不是影子重疊，也不是角度問題。只有紗月的影子會隨著步伐而移動。遍尋不著影野的影子。

這奇特的感覺令紗月打了個寒顫。

明明不可能有這種事——

「怎麼了？」

「沒、沒事，沒什麼。呃，真的突然變冷了呢。」

雖然她試圖解釋成是自己的錯覺，但湧上心頭的疑問卻逐漸佔據腦海。兩個人明明並肩同行，卻只映照出一個人的影子，可能有這種事嗎？紗月再度戰戰兢兢地看向地面。然而，那裡果然只有自己的影子。

（怎麼辦？為什麼……？）

她的心跳急遽加快。

在夏日慶典那晚明明沒發生這種情況……不對，自己當時很緊張，而且也有些興奮，所以不得而知。

（冷靜下來，至今為止究竟是怎麼樣的？）

想不起來。

「那就再見了。」

「嗯，謝謝你，晚安。」

影野打算目送紗月走進玄關。紗月行禮致謝後隨即轉過身去將手放到門上。他依然等在那裡。

「明天見。」

「嗯，明天見。」

紗月以笑容道別後，關上玄關大門。然而她實在相當在意，在等了幾秒鐘後，又用力打開大門。

然而——

（不見了……）

四下早已沒有影野的蹤跡。紗月不由得衝出門外環顧周遭，然而完全看不見他的身影。

（這是怎麼回事？）

緊張的脈動愈發急促。紗月家位於一處緩坡上。

如果要從來時的路折返，無論走得再快，甚至用跑的，應該都還是能看見身影才對。

一個疑問湧上心頭。

如果紗月的想法屬實——

（這是……騙人的吧？）

搞不好影野也不是人類……一想到這裡，紗月就連忙甩去浮現的疑問。不可能有這種事，一定是自己搞錯了。不過……或許真是如此。思緒如海浪逼近又遠去般，就這樣在完全兩極的念頭間搖擺著。

紗月感覺到快得令人不適的脈搏幾乎震破耳膜，她茫然地愣在原地。影野借給自己的外褂散發出淡淡香味，甜蜜地揪住心頭。

如果影野真是妖異，並出於某些原因隱瞞這件事，只要他好好說明，自己應該能夠理解的。他對自己保密雖然令紗月感到打擊，但即使影野真是妖異，自己也沒有必要感到不安。

紗月至今為止已經聽說過許多關於妖異的事，也親眼目睹過。在與白銀、伊織等人相遇時，她就已經親眼見識了妖異的存在型態。

如果是像伊織那樣溫柔的孩子，就沒有什麼好害怕的。同樣的道理，即使影野真是妖異，既然他如此關心紗月，那麼應該不要緊吧。夏日慶典時他也陪著自己，今晚還擔心地送她回家來。

話雖如此，自己為什麼會如此震驚，並為此大為動搖呢？

如果如紗月所想，影野搞不好是妖異；而在自己心中萌生的情感稱作戀愛的話，紗月就等於是愛上了並非人類的妖異。

人類與妖異之間的戀情是可能實現的嗎——紗月這麼思考，腦中浮現之前在古書店發生過的事。

晄喜歡上化身為失聰少女的螢火蟲妖異的事。

他們倆分別是人類與妖異，即使如此還是喜歡上彼此。既然如此，紗月就算愛上妖異也沒有什麼好奇怪的嘍？她的思考逐漸偏往那個方向。

然而，人類與妖異是不同的。

妖異只不過是幻化成人形。他們的壽命及一切都與人類不同，無法成為真正的人類，那只是虛假的外表；同樣地，人類也無法變成妖異。即使能一起生活，兩者間所處的世界也絕對不會有交集。

紗月至今仍不清楚自己為什麼會突然變得「看得見」；相反地，今後也有可能再度變得看不見。

在目送螢火蟲妖異離開時，影野也曾說過同樣的話。妖異總有一天會消失，並且會從人們的記憶中消失。被留下的人總有一天會遺忘離開的人。

（我不要。我不想像那樣……跟影野先生分開。）

不對，她希望這是錯的。他並不是妖異。

紗月拚命地說服自己，竭盡全力抹除接二連三湧上心頭的疑問。

紗月無心用餐，坐進暖爐桌後，立刻決定去洗澡。外婆自然不用說，母親也因為明天要上早班而早早就寢了。

或許是因為泡澡泡了很久，紗月感覺有些昏沉沉的。她為了讓頭昏腦脹的身體冷卻下來而一口氣將冰水一飲而盡，接著就砰地倒進被窩裡。

這時，影野借給自己的外褂映入眼簾，讓紗月回想起跟他一起回來時的事。到頭來，無論是泡澡時，還是吹乾頭髮時，她依然滿腦子都是影野的事。

相遇之時、在鴉翅堂度過的時光、夏日慶典那晚，一切有如走馬燈般在腦海中復甦。另一方面，她卻也害怕得知真相。如果他不是人類的話……這樣的想法盤據腦海。

後來紗月仍遲遲無法入睡，她從被窩中起身，走去廚房沖了杯熱焙茶。她在緣廊鋪上長坐墊後坐下，披上影野借給自己的外褂，眺望著輕掛在夜空中的滿月。

冷不防地，紗月看見自己映在地面上的影子，嘆了口氣。既然存在於這世上，就不可能沒有影子。

稍微冷靜下來後，紗月在腦中整理著至今為止的事。

在紗月一開始表示希望在古書店打工時，他曾堅決反對。那是因為不想讓紗月發現自己的真面目是妖異嗎？既然如此，為什麼在紗月接受了妖異的存在後，他仍繼續隱瞞這件事呢？這對他而言明明一點好處也沒有。

（影野先生……真相到底是如何？你真的是……妖異嗎？）

倘若以影野身為妖異一事作為前提思考，那麼他開古書店的原因是什麼？只是因為他的興趣是「開處方書」嗎？為什麼他不讓妖異靠近紗月？疑問接二連三地浮現出來。思考過度讓紗月的胃絞痛起來。她突然注意到走廊角落的書架，下意識將手伸了過去。書架上擺了幾本她從小就非常珍惜的繪本。

紗月隨手抽出兩本書放到身旁，想睽違許久地來閱讀一下。第一本是《白兔與黑兔》，第二本則是《銀河鐵道之夜》。紗月看著第二本書的書名，突然驚覺。

（這麼說來，這本書……）

自己從東京回到這裡前，曾作過跟《白兔與黑兔》的內容相仿的夢；而回到這裡後，則作過類似《銀河鐵道之夜》的夢。並在夏日慶典那晚，產生似曾相識的感覺。

頭腦深處發麻般地隱隱作痛，紗月不由得蹙眉。

『約好嘍，別忘了。』

一再復甦的聲音，以及浮現眼前的少年身影——那時候，與之重疊的是——

正當紗月在腦中整理思緒時，突然感覺到有人的氣息而倏地抬起頭來。

在緣廊的玻璃窗外，一名有著美麗銀髮的美男子面帶微笑地站在那裡。

「白銀……！」

「嗨，晚安。」

「你為什麼會……來這裡？」

紗月立刻提防起來。因為在與白銀相遇之初，他雖然舉止沉穩而親切，卻有過對紗月施以奇特之術的前科。

白銀似乎察覺紗月害怕地想跟自己拉開距離。他哀傷地垂下眉尾，以帶著哀愁的眼神望向紗月。

「妳露出那種表情會令我感到受傷的。我並不打算危害妳，請妳放心。」

紗月並不可能輕易地點頭認同「哦，是這樣啊」。搞不好影野今晚會特地送自己回家，原因就與白銀有關。

他有著過於端整的美麗容貌、毫無溫度的蒼白肌膚、長及腰際的銀髮；比人類長上兩倍的尖爪……是因為黑夜的緣故嗎？白銀看起來比白天見到他時更加殘酷。

冷靜思考，要她不感到害怕果然還是不可能的事。紗月一邊戒備著，總之還是開口詢問白銀：

「你究竟有何貴幹？」

「妳會像這本繪本描述的故事一樣，拿槍射擊帶著表示歉意的禮物前來的我嗎？」

白銀將夾在自己脇下的《權狐》這本繪本遞到紗月面前。

「怎麼會呢？我不會做那種事的。」

於是白銀微笑。

「太好了。其實是因為上次讓妳受到驚嚇一事，我為了表示歉意，帶了對妳而言有益的情報過來。」

紗月的腦中立刻浮現影野的身影。如果是跟他認識許久的白銀，一定會知道才對。

「如何？妳願意讓我進去嗎？」

紗月感到猶豫，隔著玻璃盯著白銀那雙琥珀色的眼眸看。

「我發誓，我不會傷害妳，也絕對不會對妳做出奇怪的事來。我說過，我是來致歉的，這是實話喔。別看我這樣，讓妳受到驚嚇，我也已經深切反省了。」

他都說到這個份上了，反而令紗月覺得再僵持就是自己不對了。而且，看見他那條毛茸茸的尾巴沮喪地垂下，更令自己的良心受到苛責。

「你能發誓絕對不會嗎？」

「當然。拜託妳讓我進去。」

白銀那哀傷的眼神打動了紗月，她在苦思之後終於答應。

「……知道了。我這就開門，等我一下。」

紗月這麼一說，白銀隨即笑逐顏開地強調自己的獸耳與尾巴。或許是因為紗月曾經表現出興趣，他才會藉此讓事情進展順利也說不定。白銀十分明白該如何對付他人，甚至到了令人憎恨的程度。

（畢竟他可是愛惡作劇且最愛變身的狐狸嘛。）

「對心臟真是不好。」

紗月不由得感到傻眼。她打開玻璃門，沁涼的風就吹了進來。

「謝謝妳相信我。打擾了。」

「我還沒有完全相信你。」紗月鄭重警告。

白銀浮現難以形容的笑容，在緣廊上坐下，將《權狐》的繪本放在那裡。

「白銀，你也會讀繪本啊。」紗月一問，白銀隨即露出傷腦筋的微笑。

「嗯。這是……影野開給我的處方。他提醒我『若是一味地惡作劇，就會有因果報應。屆時無論感謝或是道歉，都不會得到命運寬恕，而會不得好死』。」

啊，是這個意思……紗月稍微同情起白銀來。權狐最後確實結束得相當不幸。那當然有許多種解釋，不過就懲戒上的意義而言，的確是相當合適的一本書，不愧是影野。紗月感到佩服。

想到這裡，紗月不由得尋找起白銀的影子。

果然——沒有影子。

接受了決定性的現實，紗月什麼話也說不出來。或許是注意到紗月的視線，白銀輕聲開口：

「那傢伙沒有影子。其中代表的意思——妳已經發現了吧？」

紗月抬起頭來，隨即看見白銀那哀愁的神情。拜託，別露出那種表情。那跟伊織相同。簡直暗示著紗月的心意無法傳達般，洋溢著虛幻感。

「影野先生他……不是人類，跟你一樣是妖異……對吧？」

白銀保持沉默，沒有回答。那形成無言的肯定，成為悲哀的現實流入紗月心中。不過，仔細想想，影野他那不可思議的氛圍確實與眾不同。至今為止，都是紗月自己誤會了。

「既然如此，影野先生為什麼要隱瞞到現在？白銀與伊織的身分雖然令我吃驚，但我還是能接受。既然如此，他當時也告訴我真相不就好了？為什麼要假裝是人類？為什麼只有影野先生需要保密？」

紗月將剛才為止獨自煩惱的問題拋了出來。如果是白銀，或許會知道答案吧。她投以期待的眼神，結果卻被白銀反問：

「妳在回到透馬村後，有沒有遇到什麼奇怪的事？」

「奇怪的事有很多啊，像是以你為首，遇見了許多妖異。」

紗月扳起手指數著。接著在她正要提起影野的事情時，白銀又蓋過她的思緒般接著詢問：

「除此之外呢？妳什麼也想不起來嗎？」

白銀以前所未有的認真神情詢問，令紗月不知所措。

紗月又一一回想剛才翻閱繪本時感覺到的事物，並說出來。

「我變得經常作夢。」

「是怎樣的夢？」

「是我小時候的夢。我跟一個男生開心地嘻笑玩鬧，然後——」

『約好嘍，別忘了。』

聲音並不清晰，也看不清對方的容貌。視野矇矓，以及宛如浸在溫水泳池中聽見的少年聲音——此外還看見片段的景色。而這些全都是神社裡的景象。

「我在神社裡跟男孩做了約定。然後這陣子，有許多回憶會閃現般出現在夢裡。我記得自己曾經在夢裡……跟他一起讀過這些繪本。」

紗月拿起《白兔與黑兔》及《銀河鐵道之夜》給白銀看。

「嗯。」白銀頷首，從袖子裡取出一捲東西。紗月不曉得那是什麼，只見他拆開繩子後緩緩攤開，一幅畫就出現在紗月眼前。

「啊，這隻鳥……！」

「妳有印象嗎？」

白銀似乎懷著期待地看著紗月。

「在我剛回到透馬村時，在第一次見到你之前……曾在商店街看過這隻鳥。」

「妳想到的是最近的事情啊。」

白銀有些遺憾地這麼說，用帶著長指甲的指尖輕輕碰觸紗月的額頭。她大吃一驚地試圖閃躲。

「你又想對我施術嗎？你不是發過誓，說不會對我做出奇怪的事來嗎？」

「別擔心，沒什麼好怕的。我只是想確認在妳體內流動的記憶停止在何處罷了。」

「這種事……辦得到嗎？」

紗月戰戰兢兢地回望白銀琥珀色的眼眸。定睛凝視，只見他那異於常人的縱型瞳孔變細，接著在他眼裡，可以看見燈光宛如走馬燈般旋轉了起來。

紗月為了隨時可以逃跑而讓身體往後傾斜，試圖遠離白銀。額頭變熱，大腦深處發麻，片段的記憶碎片像是切換著頻道般接二連三地浮現。

從宛如雪花畫面般充滿噪音的畫面，切換到神社的景色，然後她看見……剛才那隻鳥兒流血倒地。紗月將牠摟在小小的臂彎中——心跳逐漸加速。她逐漸無法呼吸，腦中亂成一團。彷彿自己不再是自己的恐懼襲來，令紗月不由得哀號出聲。

了。」

「住手……！」

白銀隨即用手摀住紗月的嘴唇，接著輕輕移開指尖。

「我知道了，我不會再繼續看下去。很遺憾，無法看見全部，看來我的妖力也減弱了。」

白銀語帶自嘲地這麼說，凝視著紗月。

「聽好了，妳所夢見的事物並非夢境。那毫無疑問是妳記憶的一部分。」

「我記憶的一部分？」

「沒錯。影野與妳共享著重要的記憶，你們的相遇是必然的。」

「那是什麼意思？我們之間究竟發生過什麼事？」

……也就是說，影野就是出現在夢裡的那個少年嗎？既然如此，他跟渾身是血的鳥兒有什麼關聯？

「由他人之口傳達的事實，與妳所擁有的記憶並非相同的。我所說的話，妳會照單全收嗎？」

紗月搖了搖頭，但她並不清楚白銀想說什麼。

「沒錯吧？不過，有件事我可以告訴妳。希望妳能跟影野面對面談談。如果妳什麼也不說，那傢伙想必會一輩子絕口不提吧。」

白銀這麼說，他的眼角果然略帶著哀愁。

「小紗。」白銀開口，讓紗月吃驚地看向他。外婆日前也曾經這麼叫過自己。或許就如白銀所說，夢境並非夢境，而是記憶的一部分。這已經足夠令她相信了。

「你怎麼會知道這個稱呼……」

「影野身上有妳應該要知道的祕密喔。」

這時，白銀突然動了動獸耳，露出警戒的神情。接著他瞬間變回狐狸的姿態。

『我也不想落得跟權狐相同的命運啊。』

白銀留下意味深長的話語，藍色狐火開始圍繞在他身邊。

「白銀，等等！」但白銀並未回應紗月的挽留，就這樣在藍白色狐火的圍繞下離開了。

第五話　湧現的記憶

翌日，紗月鞭策著自己沉重的身體，好不容易才在和平常相同的時間前往商店街。結果她後來因為在意著白銀所說的話，整晚夜不成眠。

她不曉得接下來前往書店，該如何面對影野才好。

要是影野察覺到紗月已經得知自己是妖異的事，會表露何種態度呢？一想起他在剛認識時的冷漠態度，紗月就擔心起影野是否會再度拒絕她，並就此消失無蹤。

影野擁有祕密——白銀這麼說。

（祕密……那是指除了妖異的事之外，還有其他事的意思嗎？）

受傷的鳥兒、滿手的鮮血，自己看見的片段恐怖拼圖浮現腦海，紗月試圖切斷連結般甩了甩頭。

從白銀那裡聽到的內容在腦中構築起來，再以夢境的內容築成沙堡般脆弱的記憶之城後，又被湧上心頭的混亂浪濤打碎。

紗月不曉得自己該信任白銀到什麼程度，但她仍隱約感覺到，自己的夢境果然不是一般的夢，而是記憶的殘渣。

她曾經告訴過影野，自己沒有到十歲為止的記憶。當時他並沒有特別說些什麼，只是靜靜地聽著，沒有任何奇怪的反應。

（還是說，他不希望我察覺，才會保持沉默？）

影野從相遇時起就一直是個祕密主義者，紗月也認為他的個性就是如此而接受。但他會異常擔心或有所隱瞞，是因為與紗月有關聯嗎？

（為什麼他那麼不想讓我知道？為什麼不告訴我真相？）

紗月愈想反而愈覺得混亂，甚至認為連自己沒有記憶的事，都是被置換過的事實而不安起來。

根據她從外婆那裡聽說的情報，自己曾跟一個鄰居家的男孩子很要好。不過她不記得少年的名字及長相。

如果影野是妖異，而夢中出現的少年並非夢境，是實際存在的男孩……兩人有所關聯的話，不就代表少年就是影野嗎？

夏日慶典那晚，她有過不可思議的體驗，宛如既視感般將那兩人的身影重疊。那難道不是自己的錯覺嗎？如果那是紗月五歲時的記憶，而少年就是影野，後來兩人究竟發生了什麼事？而白銀又為什麼想取回紗月的記憶？自己真的能相信白銀嗎？紗月愈是思考就愈發混亂至極。

「欸，那裡的小姐。」

路上，一道凜然的女性聲音叫住紗月，她轉過頭去。

出現在眼前的是那名和服美女——珠華。

「啊，妳好……」

紗月隨即打了招呼，對方那豔麗的嘴唇便呵呵地溢出高雅的笑聲。感受到她別具意味的視線，紗月不解地歪了歪頭。

「老闆迷戀的女孩就是妳嗎？」

她說出這種意料之外的話，令紗月吃驚地搖頭。

「怎麼可能！我們不是那種關係！」

「哎，無妨，老闆拜託我，如果遇到正要去上班的妳，就帶妳去進貨的地方。」

「影野先生嗎？」

「沒錯，所以跟我來吧。結束後就會立刻讓妳去鴉翅堂書店的。」

「我知道了。」

紗月頷首。但一想到影野如此信任珠華，心情果然還是有些複雜。畢竟他至今為止從來不肯將進貨地點告訴紗月，結果現在卻透過第三者告訴自己，對方甚至還是珠華。

「怎麼，妳一臉不滿呢。由我來告訴妳，讓妳不服氣嗎？」

「不，我並沒這麼想……請問要走到哪裡去？」

「因為是在神社鳥居的另一頭，所以或許得走好一段路喔。」

珠華這麼說完，就不再管紗月，兀自前進著。由於她似乎不打算與自己閒聊，總之紗月就這樣跟在她身後。穿過神社鳥居，從田間小徑走進了山路，兩人逐漸走進樹蔭遮蔽，陽光所不及之處。這裡是……被吩咐過不得進入的獸徑。

「珠華小姐，要不要先折返，再走別條路？另一條路是與神社相通的裡參道，也有散步道。」

「啊，無妨。在哪一條路上吃了妳都是一樣的。」

珠華轉過頭來。她的臉上出現裂縫，散發出不祥的氣息。

「……嗚！」

紗月因恐懼過度而發不出聲，倒退著想遠離她。雙腿卻因害怕而癱軟，令紗月無法動彈，只能茫然地看著珠華的模樣駭人地逐漸轉變，一眨眼就變成了一隻巨大的蜘蛛。

『妳那充滿恐懼的表情真令人欲罷不能。徹底上當的心情如何？』

珠華手中射出絲線纏住紗月，自己一瞬間就變得動彈不得。

『好了，該從哪裡開始吃呢？看到妳還活著，真令人不爽。』

其姿態為絡新婦……又稱女郎蜘蛛的妖怪，這點紗月也還能明白。面對那鮮明的模樣，紗月感到背脊凍結。這麼說來，上次打烊前也曾有隻大蜘蛛爬到自己手上。

當時影野曾說「不要採取會留下奇妙怨恨的對待方式，這樣一來會麻煩許多」。搞不好影野在提防的並非白銀，而是珠華也說不定。

『這陣子的情緒糟糕透頂。不僅是我，棲息於透馬村的妖異全都嘈雜騷動。欸，妳也有感覺嗎？』

「我不清楚。」

紗月只能這麼回答。然而珠華的表情愈發扭曲。

『如果妳不清楚，就由我來告訴妳。都是妳與那個人接觸造成的。』

「我跟影野先生接觸，會有什麼問題嗎？」

『妳還真是輕鬆愉快啊。妳只須遺忘一切就沒事了，但是那個人可是因為妳的緣故而快消失了啊。』

紗月聽到這裡，吃了一驚。「消失是什麼意思？」

『妳不知道妖異消失意味著什麼嗎？就是不存在於現世，前往幽世……名為黃泉的世界。妳好歹也聽過吧？』

紗月思考著她話中的意思，啞口無言。黃泉——意即死亡。

「怎麼會？為什麼……」

『影野正在邁向死亡，因為他已經逐漸失去力量了。這樣下去，他連靈魂都保不住。這一切都是妳害的。』

紗月試圖理解珠華所說的話，然而還是無法理解箇中原委。

「我害的……？」

『沒錯，都是因為跟妳扯上關係的緣故。』

「我不要那樣，我不要影野先生消失。如果有什麼我能辦到的事，我什麼都願意做。所以……告訴我。」

紗月拚命地訴說，珠華則浮現隨時都想將她一口咬死的恐怖神情，抓住紗月。

『既然如此，就只能這麼做了……！』

珠華以帶有條紋花色的長節肢抓住紗月，將她全身揑得軋軋作響。

「啊啊啊啊……！」

『哼！事到如今才想問該怎麼做？妳就是這點可恨至極。妳這個什麼也不知道，一臉平靜地活得悠然自得的傢伙！』

珠華加重束縛的力道，令紗月無法呼吸。要被絡新婦那利牙襲擊了——當紗月做好覺悟時，突然一陣狂風刮起。

風勢獰猛，讓抓住紗月的珠華憤恨地退開，將矛頭指向起風之人。

『是誰！企圖阻撓我的人是誰！』

紗月在意識朦朧之際，拚命地扶著地面試圖起身。快點，快點，得快逃才行……正當她拚命地試著站起來時，影野氣喘吁吁的身影映入眼簾。

「紗月，妳沒事吧？」

「影野……先生！」

（他來救我了……！）

她原本順勢想抓住影野，卻遭到珠華妨礙。她用力拉扯紗月的腿，膝蓋在地面上摩擦，刺辣的熱度竄過。

「呀啊啊！」

「住手！珠華！」

『真是的。真希望你在我吃了這女孩後才發現，你也不想看見殘忍的場面吧？』

珠華蠢動著爬上來，節肢纏在紗月身上，令她渾身顫抖。

「妳究竟想怎樣，珠華！立刻放開紗月！」

『影野，我就趁此機會說清楚吧。都是因為這女孩，才害得你受苦至今。我這麼做都是為了你啊。』

珠華猛然地朝紗月撲了上來，她緊閉上眼睛。全身上下都像被荊棘纏住般疼痛，令她幾乎窒息，軋軋作響的骨頭眼看著就要粉碎。

『再痛苦一點吧，可別以為妳能死得輕鬆。』

忘我的珠華再度加重施加於她四肢的力道。心臟好像快要破裂了。

「啊啊啊！」

「珠華！住手！」

影野吶喊。剎那間刮起宛如刀刃的狂風，將絡新婦彈飛。

『嘎啊啊！』

駭人的慘叫震耳欲聾。紗月的身體重獲自由，立刻試圖逃跑。然而絡新婦最後的抵抗又逼近紗月身後。

『妳別想逃……！』

纏繞著黑色漩渦的不祥觸手，以紗月為目標揮下。

「紗月！」

不行了……在她做好覺悟時，身體突然砰地被人撞上。代替她接下攻擊的影野發出哀鳴。

「不行！快住手！妳不也很重視影野先生嗎？」

絡新婦在觸手即將貫穿影野身體的千鈞一髮之際回過神來，她操縱蜘蛛絲將影野緩緩放到地面。

珠華從妖異變回平時的人類姿態；相對地，黑色羽翼緩緩飛舞而降，輕撫紗月的臉頰。

「紗月，妳沒事吧……？」

影野一邊露出痛苦的神色，窺探著紗月的臉。他似乎在撲到紗月身上後，就立刻抱住了她。影野背後有對人類所沒有的黑色羽翼。

（黑色翅膀……）

在神社受傷的鳥兒、抽抽搭搭哭泣的少女、滿是鮮血的手……在夢幻中看見的黑色羽翼……紗月感覺到片段的記憶碎片逐漸聯繫起來，只差一點就能掌握住。然而眼前衝擊的景象閃現，使她無法更進一步。

她唯一清楚的，就是影野並非人類，換言之，就是妖異的事實。

「影野先生，你果然……」

紗月就這樣說不出話地凝視著他，影野則悲傷地垂下眼簾。

「我很可怕吧？如果可以，在此身尚存之時，我並不想讓妳知道。」

並非如此——紗月為了傳達這一點而拚命搖頭。

他或許不想讓紗月看見自己身為妖異的姿態，但他就是他。紗月想像接受伊織與白銀般接受他。她明明想這麼表達，卻無法順利說出口。同時，影野仍一臉哀戚地看著自己。難以言喻的不安席捲紗月的內心。心臟莫名地急速跳動著。

（他為什麼要露出這種放棄一切的表情……）

「你……即使如此，也想守護那女孩嗎？」

被影野施放的風刃傷到的珠華，邊痛苦呻吟邊落淚。

「珠華，我並不想傷害妳。但是我不允許妳對這女孩出手，請妳諒解……」

影野搖晃不穩，就這樣摟著紗月的身體一起往地面倒下。

「影野先生？」

紗月連忙跪下，窺探影野的臉。

哪裡會痛嗎？他的眉間緊蹙，露出痛苦的神情。

紗月察覺到眼前的異狀。影野的肩膀大量流血，不僅如此，他的身影還逐漸變得透明。

珠華低下頭。

「……你知道自己現在究竟是什麼情況嗎？你隨時都可能會消失啊！然而你卻……」

「是我，是我的……錯！」

紗月慌亂不已，影野抓住她的手臂，將她拉往自己。然而就連這股力道也一反常態地軟弱無力。

「不對，這不是妳的錯。」

「可是！」

「這不是任何人的錯。當時辰到了，我原本就註定要消失。」

「為什麼影野先生非消失不可？」

影野痛苦地喘著氣。「那是……」他打住話語。但紗月卻完全聽不到接下來的答案。

「我似乎、稍微……使用力量過度了……」

影野閉上眼。紗月擔心他會就這樣斷了氣，拚命地呼喚他。

「影野先生！影野先生！振作一點！」

影野讓受傷的身體躺下，臉上依然掛著痛苦的表情，反覆著淺淺的呼吸。或許是因為疼痛而失神，他漸漸沒了動作。

紗月一邊啜泣著，一邊靠近影野。

「這樣下去，影野先生會死的……！」

得快點、快點救他。紗月雖然焦急，卻手足無措得不曉得該如何是好。

「影野！」

此時突然有道聲音插了進來。循著聲音的方向望去，只見白銀慌張地趕了過來。他臉色蒼白地跪到影野身旁。

「到底是怎麼回事？變得這麼衰弱……這麼一來豈不是重蹈當時的覆轍嗎？」

白銀浮現悲痛的神情。

「珠華，妳到底做了什麼？」

他毛髮豎立般怒喝。珠華毫無反擊之力，只是頹然待在原地。

「總之，得快點治療影野先生！」

紗月試圖激勵自己，但她的雙腿卻顫抖得使不上力。

「……嗚。」

此時，影野的嘴唇微微地動了。

「影野先生！你聽得見我的聲音嗎？」

「……紗……月——」

影野囈語般叫喚著紗月的名字。他的嘴唇、他的眼眸簡直像是要訴說離別話語一般，紗月打斷他的話。

「不行……不可以說你會消失！」

紗月淚水盈眶，緊握影野的手。

「這樣下去……得立刻治療才行。」

白銀這麼說。紗月正點頭回應，就聽見有人從遠方叫喚自己的聲音。

「——紗月小姐！」

聲音的主人是伊織。他上氣不接下氣地跑了過來。

「伊織，拜託，幫幫忙！」

紗月就像連根稻草也要抓住一般大喊。伊織又加快了速度跑來，在他身後跟著其他人。其中一個是與伊織長得像是一個模子印出來的青年，那是他的同伴嗎？此外還有一名拄著拐杖的老婦人，紗月記得對方——在老婦人造訪鴉翅堂書店時，自己曾經推薦過書籍給她。

伊織感覺到紗月的視線，催促著她。

「山脈似乎騷動不安。總之，我等下再說明。幸好這裡與神社的裡參道相通，快將他搬去神社！」

身旁與伊織長相相仿的青年也頷首。

「怎麼辦……這樣下去……影野先生他……」

「別擔心，紗月小姐。我們擁有神明賦予的治療力量，一定會有辦法的。」

「真的嗎？他能得救嗎？不會有事吧？」

「嗯。所以別哭了，現在需要大家同心協力。」

身旁與伊織如出一轍的青年點頭催促。

「伊織說得沒錯，大家動作快。」

紗月拚命動起現在仍然癱軟的身體，鞭策著自己。然而她的雙膝顫抖，無法行動自如。結果白銀一把將紗月摟起。

「我來抱妳。狛犬，影野就拜託你們了。」

白銀從手中釋放藍白色狐火，包覆起影野的身體，抬往伊織等人身旁。而紗月則難為情地渾身使不上力。

「我、我……該怎麼辦……」

「妳也受了傷。如果為影野著想，就先考慮自己的事吧。」

白銀抱著紗月，溫柔地告誡。紗月拭去不停湧出的淚水，兩人跟在被送往正殿的影野身後。

幸好紗月只受了輕傷。她拒絕其他人為自己治療，而是待在伊織等人身旁協助治療影野。她用了好幾條手巾替他止血。在這段期間，影野的身體看起來依然有些透明，彷彿隨時都會消失，這令她不安至極。

「血……止不住。而且身體變透明……影野先生要消失了……！」

「紗月小姐，冷靜下來，想些相反的事。請妳在一旁祈禱。我們現在正在運用妖力控制，而意念及言靈，對我們而言會是莫大的助力。」

從伊織的身上散發出某種光之粒子，並從他手上緩緩地被吸入影野體內。紗月照著伊織的吩咐，雙手交握由衷祈禱。

神明，求求祢——請實現我的心願，請保佑影野先生的傷勢平安痊癒，請保佑他睜開眼睛。即使將我的性命分給他也無妨，所以求求祢——求祢保佑。

不曉得這樣過了多久，影野的血總算止住了。由於伊織與青年一同去汲水，紗月與老婦人一起準備乾淨的布料，擦拭影野被血汙弄髒的身體，再仔細地纏上繃帶。看見那傷痕累累、令人不忍卒睹的身體，紗月真想垂下視線。然而這是他代替自己受的傷，她不能別開目光。

（對不起。影野先生……都是因為我……才害得你這麼痛苦。）

他明明再三忠告，自己卻還是毫無戒心地跟著絡新婦走。

「影野先生……」

紗月纏完繃帶後，緊握住因痛苦而面容扭曲的影野的手。伊織將手覆上影野的身體，剛才散發的光之粒子再度從伊織的手流向影野的身體，接著包覆住他全身上下，持續發出柔和的光芒。汗水從伊織額頭上滴下，他似乎也很難受。

「伊織。」

紗月不安地開口，伊織隨即對她點點頭。

「不要緊。我感覺到異狀而追在紗月小姐你們身後，幸好來得及找到你們。」

「……影野先生……會得救吧？」

「嗯。絕對會……我不會讓他就這樣消失的。」

每當伊織的手碰觸到影野的傷口一帶，就有柔和的光芒包覆，光粒逐漸被吸進影野的體內。這時影野就會痛苦地呻吟，似乎正在忍耐著疼痛。

「雖然難受，但要忍耐……直到將毒素完全淨化為止……只差一點了……！」

伊織開口，紗月也在一旁握住影野的手祈禱，同時思考著有沒有自己能做的事。

「神明賦予我們的力量程度就是這樣。接下來只能等待傷口慢慢痊癒了。」

與伊織一樣待在一旁的夥伴也跟著點頭。他的名字叫作紫織，如紗月所料，是跟伊織成對的另一隻狛犬。他也使用著跟伊織相同的妖力，兩人輪番替影野療傷。

白銀在緣廊低垂著頭。

紗月繼續握住緊閉著眼呻吟的影野的手。過了一會兒，他的指尖動了一下，紗月看向影野的臉。

「影野先生……？」

「紗、月……」

「太好了，你醒過來了……！」

影野似乎想說些什麼，紗月就靠到他的唇邊等著。

「妳……平安、無事……嗎……？」

看來他似乎還搞不清楚自己處於何種狀況。

「我沒事，所以你別擔心……！」

在這種狀態下，他竟然還是擔心紗月甚於自己。這份心意令她感到難受。淚水不聽使喚地流下，影野的臉看起來變得模糊。

「幹麼、露出那種表情……我、很快、就會……恢復。所以、別哭、了。」

看見影野的態度依然一如往昔，令紗月更想哭了。

「我才沒哭呢，你能講話真是太好了。」

紗月為了避免讓影野擔心，而逞強地拭去淚水。

「紗月。」影野微弱卻甜蜜地呼喚著她。

他握住紗月的手，紗月也更用力地回握。

「你為什麼……不惜做到這種地步也要保護我……」

「那是因為……妳非常重要。」

影野直視著紗月，眼神毫無虛假。他繼續緩緩動著顫抖的嘴唇。

「……即使、妳已經忘了，我也……一直思念著妳。我、喜歡……妳，紗月……」

紗月因為他的話語而屏息。

他明明已經沒什麼力氣了，用力回握住自己的手仍傳遞著他的熱情。

「那麼，我遺忘的是影野先生的事嗎？既然你一直思念著我，為什麼……不告訴我呢？」

盈眶的淚水一口氣傾瀉而出。影野悲傷地垂下眼簾。他似乎連呼吸都很辛苦。紗月又用力握住影野的手。

「影野先生……我也……我也……喜歡你。所以……」

影野無力地微笑，又難受地蹙眉呻吟。

「就像之前影野先生握住我的手一樣，我也會一直握住你的手。所以，請你現在好好休息，我會一直陪在你身旁的。」

於是，影野似乎放心地閉上了眼。

（影野先生的心意讓我非常開心。但是，你可能會消失，可能會離開我身邊……這種事，我實在不願意去思考啊……）

一想到他還有可能陷入險境，紗月就一刻也不願離開影野身邊。

太陽在不知不覺間下山，周遭變得一片漆黑，僅有舊正殿的燭臺燈火微微發著光。

後來紗月聯絡了母親，告知工作會晚點結束後，就一直陪在持續沉睡的影野身旁。

老婦人拿著燭臺向紗月搭話。

「小姐，妳也休息一會兒吧。要是什麼都沒吃的待在這種地方，對身體不好喔。」

她這麼說著，替紗月披上棉襖。原本凍僵的身體被柔和的溫暖包覆。

「婆婆，謝謝妳一直幫到這麼晚。家裡的人不會擔心嗎？要不要緊？」

「不會，妳別在意。因為我想照顧小姐妳啊，我很清楚替重要的人憂心的心情。現在狛犬他們也正在努力為了妳煮雜燴粥喔，正因為是這種時候，才必須多吃點。」

紗月靜靜地頷首。剛才伊織與他的同伴紫織也輪流替自己治療了。這麼說來，影野曾說過老婦人也是妖異。

「婆婆，妳……」當紗月邊說著邊看向身旁，老婦人不知何時已經變成了一隻貓，而且還有兩條尾巴緩緩搖晃著。

「啊。」

看來老婦人已經看穿紗月的想法了。

『我是貓又．滿江，在活了長達二十年後成了妖異。之前說的曾孫其實是飼養我的主人的曾孫。距離成為貓又，已經過了很長一段時間了，我一直以來都受到鴉翅堂書店的照顧。』

滿江一邊分別緩緩搖動著兩條尾巴，一邊說道。她一定是自願照顧那四歲男孩，而不是受到誰的請託吧。

「後來，曾孫有沒有停止哭泣了呢？」

『有，託妳的福。他非常喜歡《小小熊的夜晚》這本繪本。而且，我現在比較擔心小姐妳啊。』

貓又滿江磨蹭著紗月的臉頰，她輕輕摟住對方。

「只有現在就好了。我可以……稱呼妳『外婆』嗎？」

紗月不由得將她跟自己的外婆身影重疊，將臉頰湊了過去。紗月的身心疲倦到令她想這麼做。

『嗯，隨妳高興怎麼稱呼吧。對了，我也認識妳的外婆喔。主人家就在那間醫院附近。』

「原來如此，我都不知道。」

『小姐，妳的外婆非常擔心妳喔。她總是說，希望總有一天……即使她不在了，妳也能過得比任何人都幸福。』

滿江用長長的尾巴在紗月背後輕拍著，安撫著她。

（外婆……）

明明應該已經哭到到乾涸的淚水，又差點奪眶而出，她硬是忍了下來。現在最難受的人是影野，自己不能什麼也沒做，淨是哭泣。

「謝謝妳，外婆。我也去幫伊織他們的忙好了。」

『別擔心，他馬上就會好起來的。那麼，我就稍微去陪那個化為美男子的狐狸大人聊聊吧。畢竟他似乎也很傷心啊。』

滿江變回老婦人的身形，向紗月眨了眨眼後，就走向待在緣廊消沉的白銀身邊。對了，白銀曾說過，影野是他重要的友人，這還是自己頭一次看到白銀如此驚慌失措。他的背影看起來十分寂寞，待會兒也得去向他致謝才行。

「紗月小姐，雜燴粥煮好嘍！一起來享用吧！」

伊織帶著精神飽滿的笑容呼喚。紗月原本想去幫忙，但看來遲了一步。已經擺在托盤上的土鍋冒著熱氣，散發十分美味的香味。

「伊織，謝謝你。我實在太愛撒嬌了，滿腦子只考慮到自己，真抱歉。」

「沒這回事，妳不是很努力在看顧著影野先生嗎？對紗月小姐來說，待在他身邊是最重要的事啊。」

給妳。伊織將盛著紗月那碗粥的托盤交給她後，就坐到她身旁。他抖動著圓耳朵，隨即開始大快朵頤。看著他的模樣，令人感到非常療癒。

「紫織，也謝謝你。」

紗月也向坐在旁邊緣廊處的紫織致謝。他正在晾起洗好的衣物，只是很帥氣地點了點頭。

「好了好了，快吃吧。」在伊織催促下，紗月也立刻開始享用。熱騰騰的雜燴粥高湯很入味，蛋花鬆軟，鹹淡適中。看來自己的身體比自己以為的受凍，粥一在舌尖上滑動並流入食道後，就差點打了個嗝。伊織見狀笑了起來。

「啊哈哈，得慢慢吃才行。」

「嗯，非常好吃喔。伊織，你真厲害。」

紗月欽佩地這麼說，伊織就開心地笑了起來。

「老實說，這是按照貓又滿江婆婆的食譜做的喔。」

「原來如此，我也想學呢。高湯相當入味，非常好吃。」

紗月開心地這麼說。伊織用湯匙攪著土鍋裡的粥，猶豫著開了口：

「其實，我原本不打算說的。我們從紗月小姐小時候造訪神社時起，就認識妳了喔。」

伊織這麼說完，垂下耳朵。紗月不曉得該說什麼好而噤口不語。她也不認識伊織，忘記了一切。

「紗月小姐總是會來摸摸我的頭。明明沒有任何人會看我一眼，但只有妳非常溫柔，會對我說話，這讓我非常開心。所以我非常喜歡妳喔。」

伊織溫柔地微笑著。妖異的溫柔令紗月的淚水更加不聽使喚。在什麼也不知道的情況下活著的自己的窩囊，以及一天天累積的對影野的心意，至今仍令紗月的胸口疼痛不堪，淚水接二連三地從眼裡滴落。

『……即使、妳已經忘了，我也……一直思念著妳。我、喜歡……妳，紗月……』

影野的話語在耳畔迴響。為什麼她會認為遺忘的事情沒什麼大不了，至今為止從未試圖回顧呢？明明是這麼重要的事。

「我會以少女漫畫家『駒川伊織』的身分偷偷前往東京，是為了確認妳的情況，也就是負責偵察任務的人。」

只有自己什麼也不知道。無論是影野的心意，還是伊織的心意，她都渾然不覺。也難怪珠華會生氣了，畢竟自己確實如她所說，活得悠然自得啊。

「我什麼也不知道，你們明明一直守護著我……我究竟還遺忘了些什麼？」

其實紗月最在意的是珠華所說的「因為自己的緣故而使影野快消失」這番話，她想知道那究竟是什麼意思。不過，現在的紗月沒有勇氣將其訴諸言語詢問。雖然想回憶起遺忘的事，但另一方面，她也害怕得知真相。

「這……還是得讓影野先生親口告訴妳才行，我認為我們不該擅自告訴妳，對不起。不過，只有這點我可以說，這次的事並不是紗月小姐的錯喔。雖然與珠華之間的事情是我們失算，但約定之時將至一事的確是事實。而影野先生選擇將所剩不多的時間……用來幫助最重要的妳。妳能平安無事，他應該鬆了一口氣才是。所以請妳千萬不要自責。」

「不過，我不能就這樣下去。我想要記起來，我想取回……取回與影野先生相遇、一同度過的時光。我也想回想起你們大家的事情。我不要你們消失……」

「……如果有任何幫得上忙的地方，我也會幫忙的，但總之得以恢復精神為優先。負責照顧的人要是累垮了，那可就不像話了吧？」

「嗯，說得也是。伊織，謝謝你。」

「好了，快點趁熱享用吧。」

紗月與伊織肩靠著肩，吃起剩餘的雜燴粥。在肚子被食物填滿後，感覺胸口深處也產生一股柔和的溫暖。果然無論多麼疲憊，進食都是很重要的——紗月心想。而且，她也想讓影野品嚐美味的料理。

紗月一邊思考著這些事一邊動著湯匙。淚水的味道逐漸混了進來，她連忙擦拭眼角。

這時，伊織輕聲開口：

「等影野先生恢復精神後，妳再做給他吃吧。他一定會刻意擺出一臉厭煩的表情開心地品嚐的。」

「嗯。」

紗月破涕為笑。她忍住像孩提時代那樣大聲哇哇哭泣的衝動，小心翼翼地、珍惜地品嚐伊織為自己做的雜燴粥。

影野又沉睡了一段時間。兩天後，他終於醒了過來。雖說保住了一命，但身體果然還是很虛弱，雖然大家全都勸阻著他，但影野還是表示不能一直受人照顧，在白銀與伊織等人的幫助下，跟紗月一起回到了古書店。

「果然還是這裡最令人心情平靜啊。」

影野一打開鴉翅堂書店的門，就這麼說著，環顧店裡。由於一段時間沒有打掃，稍微積了些塵埃。不過，紗月也同樣因為店裡獨特的氣味及空間而感到療癒。

影野一個踉蹌，紗月連忙撐住他。

「抱歉。」影野說道。紗月扶著他在櫃檯的椅子上坐下。

「生活起居及店裡的事就交給我，請你到後面的房間好好睡覺吧。」

「妳是自己送上門的老婆嗎？」他笑著說，紗月的臉則下意識地羞紅。

「還有精神講這種話，應該沒問題了吧？」

然而，影野沒有回應。

紗月為了抹除自己的不安而接著問道：

「你為什麼不告訴我事實真相呢？」

「是指我是妖異的事嗎？」

影野直接反問，令紗月的心臟狂跳。是因為自己既然已經知道了，他也沒必要繼續貫徹祕密主義了嗎？原本那帶刺的感覺已經消失，散發著擺脫煩惱的氛圍。這樣的他令人眩目，更惹人憐愛，無論他是什麼人，自己內心萌生的戀愛之意也不會消失。紗月確實地認知到這一點。正因為如此，她才想知曉一切，希望他不要獨自痛苦——這份心情鼓舞著紗月。

「請告訴我真相，告訴我我所遺忘的一切。」

紗月這麼表示，影野的黑色眼眸微微地晃漾。

「妳總是一個人在神社裡玩耍。」

紗月頷首。

「某一天，當妳一樣在神社裡玩的時候，妳發現一隻快斷氣的鳥兒。妳……妳用小小的手臂輕輕摟住牠，替牠包紮。」

片段浮現的記憶——受傷的鳥兒、滿手是血的影像，紗月想起自己因害怕而蓋上蓋子的那份記憶。

「那種鳥叫作『鴉鴿』❼。」

「鴉鴿……」

「託妳的福而保住一命的鴉鴿，為了向女孩報恩而向神明祈求……變成了少年的姿態。」

「少年」一詞令紗月起了很大的反應，影野繼續說著：

「鴉鴿以那個姿態去見了來到神社的妳。」

「那麼，經常出現在我夢裡的那個男孩，從外婆那裡聽說跟我很要好的男孩……」

紗月看著影野漆黑的眼眸，回想起至今為止的事。

影野背後的黑色羽翼、他身為非人妖異的事、夢中出現的少年，以及約定——這些就像一片片拼圖般浮現，接二連三地拼湊在一起。

「……都是影野先生你嗎？」

『約好嘍，別忘了。』

那聲音突然在耳畔響起。

「我是鴉鴿的妖異。」

影野這麼說完，略顯難受地氣息紊亂起來。

「影野先生？」

「只是傷口疼痛而已。抱歉，讓我休息一下。」

「……我知道了，如果有任何需要，請不必客氣地告訴我喔。」

影野沒有回答，想必他今後也不會說出口吧，所以紗月擅自決定要照顧他。到頭來，她還是沒能問出一切，不過，就照他的希望做吧。總之，她現在想盡量去做自己能做的事。

翌日，紗月在上班之前造訪神社，祈求影野恢復健康。接著，她一邊看顧影野一邊讓鴉翅堂書店開店營業，負責顧店。在打烊後，她又前往神社向伊織、紫織報告情況後才回家。

紗月在家的期間，白銀及滿江會輪流陪在影野身邊，令人感到放心。

就這樣，一週過去。影野的傷勢逐漸痊癒，這陣子也會享用紗月做的菜。然而，肉體的傷勢雖能痊癒，他所剩的時間或許依然不變。紗月感覺到他顯露消失跡象的時間一天比一天還長。

『約好嘍，別忘了。』

❼正式名稱為「黑林鴿」。

（那是影野先生的……聲音吧。）

在接近中午時分，紗月暫時關上古書店的門。雖然得知影野就是夢裡的少年，自己卻無法想起一切，對此感到懊惱不已的她前往後方房間，看著睡榻上的影野。

這時，她突然注意到房裡的瓦楞紙箱。記得那紙箱裡裝了「有些隱情」所以之後才要整理的書籍。紗月感到在意，從裡面抽出一本書，結果發現那是《拉奇和小獅子》這本繪本，她感到懷念至極，下意識地微笑起來。

「我非常喜歡這本書呢。」

封面上繪製著一名抓著獅子尾巴走在黑暗裡的少年。紗月翻開書封，同時自言自語著。

主角是一個名叫拉奇的男孩，他是世界上最愛哭的膽小鬼。某一天，他懷著「希望我也能變成這樣」的心情畫了一張他所憧憬的百獸之王圖畫，結果隔天早上醒來，竟發現身旁出現了一隻紅色「小獅子」。就這樣，拉奇展開了與小獅子共同生活的日子。

拉奇在遇見小獅子後，就變得愈來愈強大，然後終於能跟牠平起平坐，最後更變得能獨自鼓起勇氣採取行動。結果，小獅子就從拉奇面前消失了，因為小獅子認為，即使自己消失，拉奇也不會有問題了。

拉奇思念著離開的小獅子，流下淚來。不過，小獅子永遠留在他的心中，牠賦予拉奇的目標在內心發著光芒。今後無論發生任何事，拉奇都一定不會有問題——這是一本能讓人這麼想，並鼓起勇氣的繪本。

紗月讀到最後，稍微咀嚼了這份暖意。她漫不經心地翻到封底，接著倒抽了一口氣。因為上頭以孩童的筆跡寫著「ㄓㄣ　ㄕㄢ　ㄕㄚ　ㄩㄝˋ」這個名字。

「咦……騙人，這是……」

既然是自己非常喜歡的繪本，明明應該都會留在手邊，但這本書既不在紗月從東京帶回來的書籍之中，也沒有留在老家。這本與紗月珍惜的《白兔與黑兔》一樣經過長時間日曬且破破爛爛的繪本是——

（啊，又來了……）

當紗月正要回想起來時，腦部深處就會感覺到發麻般的疼痛，令她蹙眉。

「紗月。」

聽見有人呼喚自己的名字，讓紗月吃了一驚。她回過神來，才發現已經起身的影野就在近得令人吃驚的位置。

「影野先生，這是……」

「那是我十年前沒能還給妳的繪本。」

影野這麼說，看向紗月手邊。

「妳每次到神社來時，都會借我一本繪本。」

影野停下話語，陷入沉默。

「是……是這樣啊。」

紗月不由得抱緊繪本，接著以指尖輕撫自己孩提時代的筆跡。雙方多想見到彼此，從這本繪本的狀態也能窺見一二。自己曾經交給他的這本繪本……影野一直珍惜地收藏著。

紗月說不出話來。在她身旁的影野望著遠方，斷斷續續地說了起來。

「我們一起閱讀繪本，一起在紅橋上玩耍……每一天都開心得不得了。原本總是一臉寂寞的妳，會在我身旁展露笑容，我希望能永遠在妳身旁看著那抹笑容。不知不覺間，我連自己是為了報恩而現身的事都忘了，一心期望著能永遠跟妳在一起。」

紗月感覺出現在自己夢中的少年身影，緩緩地與影野的神情重疊起來。即使無法全部回想起來，也完全不會感覺到不協調。啊，原來如此。那果然不是夢境，確實是紗月自己的記憶。

「妳發生意外那天……是我們一如往常地約好在神社見面的日子。」

紗月對「意外」一詞產生反應，倏地抬起臉龐。

「原本，妖異註定絕對不能插手干涉，但我希望維繫妳的性命。於是妳最後雖然勉強保住一命，卻因為意外的後遺症而失憶；我則是幾乎失去所有妖力。這一切全都是因為我變得貪婪所導致……」

『那個人可是因為妳的緣故而快消失了啊。』

珠華的話語在腦中復甦。由於自己遭逢意外，使得影野的性命縮短——理智上雖然可以理解，但內心卻反應不過來。紗月一邊感受著自己因震驚而幾乎四分五裂的內心，拚命擠出話語。

「怎麼可以這樣。但影野先生可是……賭上性命救了我啊。」

「因為妳比任何人、任何事物都來得重要，我不想失去妳。這是我的私心。」

看見影野浮現放棄般的自嘲笑容，紗月說不出話來。

他明明救了自己一命，卻只有自己自私地失去了那份記憶……淚水因為對自己的憤怒而流下。影野如此珍惜自己，甚至不惜做到如此地步，紗月明明應該也想見他，卻忘記了這麼重要的事，而且直到現在才得知這件事……

「後來，我暗自發誓再也不要與妳有所牽扯。甚至認為失去力量，縮短壽命反而是好事。與其被妳遺忘，度過永遠無法實現心願的時光，總有一天會消失還比較好。後來我就尋找著死亡之所，並棲身於這間因歇業而成了空屋的店面。」

影野垂下眼簾，接著環顧古書店。

「不知道為什麼，我滿腦子淨是妳的事，一想到妳再也不會回憶起我，不知不覺間……就開始經營起古書店了。或許是因為妳最喜歡繪本的緣故吧？那時候，繪本拯救了受傷而孤獨的妳，而我則在妳身旁看著。或許是我下意識地追尋著妳吧。」

影野以懷念般的眼神訴說著。難以言喻的憐愛與苦悶同時湧上心頭。紗月為了不再讓影野感到難受，她緊握住拳頭，一邊噙著淚水，刻意以堅毅的態度開口：

「為什麼至今為止都不肯告訴我呢？你明明一直以來都沉默寡言、態度冷淡又傲慢，完全不肯展露你喜歡我的態度。」

她如此抱怨。

「……我幾時說過自己喜歡妳了？」

或許是察覺到紗月的心情，影野刻意挑釁地回應。

「可別告訴我你忘了自己在持續沉睡的期間說過什麼喔。剛才那番話聽起來也像表白，難道不是嗎？」

紗月也揶揄似的反問。結果影野就一臉傷腦筋地看著紗月。

「妳啊……實在太單刀直入了。」

「影野先生偶爾也會這樣啊。」

「敗給妳了。在妳第一次來這裡時也是。」

「那時候……我可是非常拚命呢。」

「妳總是這樣，令人捏把冷汗，無法坐視不管。」

影野這麼說完，受不了似的嘆了口氣。

「不過，我稍微派上了用場吧？」

影野沉默下來，以纖長的手指拭去不停地從紗月眼中流出的淚水。

由於兩人在過去有所交集，才會有現在這段時光。正因為如此，才會強烈地希望再也不要分離。

「我想將影野先生的事、兩人之間的過去一件一件確實回想起來……難道沒有能夠在一起的方法嗎？」

「我說過了吧？這是我的罪過及懲罰，無法改變。我的力量在不遠的將來終會耗盡，這就是我的命運。」

「怎麼可以這樣……不要，我……我不接受！」

紗月不由得呼喊出聲。她希望影野不要說出自己會消失這種話來，希望他不要放棄。

「紗月，妳記得之前在目送螢火蟲妖異離開時，我對妳說過的話嗎？能夠圓滿度過一生後前往黃泉，對妖異而言是值得高興的事。那也是我的真心話。」

影野以符合他風格的淡然語調這麼說，但紗月難以接受。這是不曉得何謂真正的離別的人才說得出口的話。

「妳不需要再回想起更多關於我的事了。」

「為什麼？」

「妳在孩提時代曾經受過傷害。好不容易才將之遺忘，沒必要連悲傷的記憶都回想起來吧。」

「悲傷的記憶？那是指我的父母離婚的事？還是我總是獨自哭泣的事？如果是指這些事，我現在已經是大人了，我可以承受的。令我感到難受的……」

「消失只是一瞬間。與妳所失去的十年相比，根本算不了什麼。」

影野以看不出情感的神情淡淡地說。

「才沒這回事！回到透馬村來之後度過的時光，對我而言是無可取代的時間。要我當作沒發生過……我辦不到。」

「實際上，妳的確就這樣一路走了過來。只要我消失，妳的記憶消失後，妳總有一天……能跟某人獲得幸福的。」

影野平靜地如此曉以大義。這番話聽起來全都像離別的話語，令紗月想摀起耳朵。像這樣變得軟弱，一點也不像以往總是講些討人厭話語的他。

「那是錯誤的。我不要，因為我——」

因為我喜歡你。

但是紗月無法順利將這句話講出口，喉頭因哽咽而揪緊，話語無法成形。取而代之的，是不停湧出的淚水。

「紗月……那是將來的事。我現在在這裡，還沒有消失吧？我會如妳所願……陪著妳直到妳高興為止。」

影野溫柔地微笑，紗月不由得摟住他。這番話簡直像是在叫她做好心理準備似的，她不想再聽下去了。

『約好嘍，別忘了。』

明明約好了，明明發誓不會忘記。卻只有我自己遺忘了一切。

「對不起，我竟然忘了你，那明明應該是我重要的回憶。」

影野伸手輕撫紗月的臉頰。

「當妳來到這間店時，我原本打算再也不要和妳有所牽扯而拒絕了妳。妳知道為什麼嗎？」

在視野因淚水而搖晃之中，影野難受地說。

「就是因為害怕這樣的一天到來。即使恐懼，我卻還是重蹈覆轍了。因為我長久以來都愛慕著妳，無法壓抑這份心情。到頭來卻讓妳受苦了。」

紗月不希望他說出「後悔」這類話語，搖了搖頭。

「別說那種話……」

「紗月。」

「不要！」

她的手被拉了過去，唇瓣輕輕相疊。紗月吃驚地止住了淚水。

「希望妳明白。我想看著妳像個笨蛋似的幹勁十足的活潑模樣。我希望妳能時而難為情時而發怒，並經常露出笑容。」

「笨蛋是什麼意思啊？而且剛才的、吻……你總是這麼突然就……！」

「那麼只要事先預告，就隨時可以這麼做嗎？」

影野的手加重力道，他的眼眸晃漾，傳達出心意滿溢而出的事實。

「……就算不事先預告，也隨時都可以。」

自己在生氣？在哭泣？在悲傷？還是痛苦？各種情緒亂成一團，紗月無法分辨；唯一明白的就是……她愛他，僅此而已。

紗月噙著淚水這麼說，唇辦再度重疊。

「紗月，我喜歡妳，為此焦躁苦悶不已。即使如此，我還是很高興能再度與妳相逢。所以……」

「……不行，我不准你……說再見。」

希望將記憶、空白、心情，一切重疊起來；希望能夠確認雙方此時此刻正存在於此。

——神啊，求求祢。請將我的性命分給他。請將那一天我所獲得的性命……還給他。求求祢。

屋外，白雪持續地下著。透馬村也終於正式迎接冬天的到來，整座村莊染成一片雪白。靠日本海一側的雪溼度較高，或許是因為如此，書店那扇難開關的店門依然很遲鈍，客人想要進門，比梅雨季時還要辛苦。

幸好沒有刮起狂風，但就陰沉的銀灰色天空看來，雪絲毫沒有要停止的跡象。地面目測已經積雪十五公分以上了。

昨晚紗月因為擔心影野，結果就這麼在這裡待到了天亮。她因為寒冷而醒來，聽見影野的呼吸而放下心來。窗外成了與昨天截然不同的銀白世界。

「回去。」影野依然躺在床上，試圖將片刻不離左右的紗月趕回家去，但她擔心得實在無法離開，總之決定先去買些食材。然而，她卻有種自己被這積雪關住的感覺。

紗月穿上厚重的長大衣，正拿著鏟子準備外出，才發現已經有人搶先自己一步，在店外拚命地鏟著雪。他勤奮地動著除雪鏟，逐漸靠近店面邊緣。

她想說是誰——原來是白銀。或許是因為妖異不在意冷熱，他僅身穿白色和服及一件外褂的模樣，讓看的人都覺得冷。

紗月戴上帽子拿起鏟子，到店外露臉，並在白銀頸部捲上圍巾。接著，她看向他手邊。

「你是什麼時候開始幫忙的？怎麼不叫我一聲？手套呢……你這樣手會破皮的。」

紗月這麼說，看著他銳利的爪子。

「不用在意我。」

白銀這麼說，垂下尾巴，似乎在思考些什麼般低下頭。

「怎麼了？」

「我在漫長的悠久歲月裡一直很孤單，而那傢伙願意當我的朋友，他是我重要的夥伴。既然是總有一天會消逝的生命，至少我希望幫助他圓滿度過沒有遺憾的餘生。所以，我希望影野能珍惜與妳共度的剩餘時光。」

「白銀……」

聽見白銀殷切的真心話，紗月感到胸口揪緊。

「謝謝你，託你的福，我才能夠與影野先生重逢。」

至今為止，白銀一直努力讓紗月與影野產生交集。雖然他也曾讓自己留下恐怖的回憶，但現在紗月已經能了解白銀的心意了。

在漫長的時光中，在紗月不知道的期間，影野對白銀而言一直都是重要的朋友。所以即使亂來，他也想替影野做些什麼，這是理所當然的。

「接下來我也會代替影野幫店裡的忙，除雪這點小事算不了什麼。」

白銀這麼說著，幹勁十足，紗月看著他一會兒，仔細地替他拂去堆在頭頂上的積雪。

「我認為影野先生也當你是重要的朋友，當然，我也是喔？」

「紗月……」

白銀雙眼溼潤，似乎就要撲抱上來，紗月為了擺脫而默默地鏟起雪來。

「妳這樣子實在是冷漠無情耶。」

白銀碎唸抱怨，紗月無視於他，打起精神。

「好了，開始工作吧！」

在思考也無濟於事的時候，就只能沉浸於某些事情中，讓自己忙得沒有時間思考了。

紗月這麼想著，暫時拚命地鏟了一會兒雪，不知不覺間就堆成了能製作巨大雪洞的雪山。

「無論是雪人或是雪洞……感覺似乎能堆好幾座高大的東西呢。」

紗月仰望雪完全沒有停止跡象的銀灰色天空。

「妳或許不記得了，不過你們小時候曾一起堆過喔。那時候的妳也非常可愛，聽見妳銀鈴似的笑聲，影野看起來非常幸福。不用說，默默守護著你們的我們也是。」

妳瞧。白銀在手掌上做了一個小小的雪人，愉快地笑著。然而，從白銀手中接過的雪人卻在紗月凍僵的手掌上緩緩融化。

「啊……」

這似乎令紗月聯想到了影野，她的淚水從眼眶溢出。

「紗月……妳別哭。我很重視影野，但我也很喜歡妳啊。」

「對不起，我本來沒有打算哭泣的……」

自己為什麼會這樣，回想不起重要的記憶呢？至少希望能取回所有的記憶。像這樣半吊子，什麼也無法為他做的自己，真是丟臉得令人火大。

「這次，我想換我來幫助影野先生。」

必須報恩的是紗月才對。

確認手錶，時間已經過了中午，得出去採買才行……當紗月正要行動，白銀就抓住了她的手臂。

「妳待在影野身旁就好，食材由我來負責，我也會去看看狛犬的情況。」

「白銀，謝謝你，那麼就麻煩你跑一趟了。」

「知道了。」

白銀開心地乘著狐火消失。他真是可靠的存在，而且他應該跟紗月一樣，不做些什麼就冷靜不下來吧。

「真熱鬧啊。」目送他離開後，一道低沉的聲音傳來。紗月轉過頭去，只見影野開了房門緩緩起身。他一臉無法靜下心來休息的不滿神情，手中則拿著讀到一半的書籍。

「對不起，我們太吵了吧？」

「不會，能聽見妳的聲音是好事。」

紗月感覺到臉頰熱了起來，影野則呵地笑了出來。

「我這麼說很奇怪嗎？」

「這……畢竟無法立刻習慣啊。」

「即使已經是接過吻的關係嗎？」

影野這麼說著，抬起紗月纖細的下頜。被他純粹的黑色眼眸凝望著，感覺呼吸都要停止了。

「……這、這種事……說得這麼直接……」

「畢竟很多事都不再需要隱瞞了，就隨我高興怎麼說吧。」

他那略帶哀愁的眼神令紗月內心悸動。回想到至今為止的事，過於坦率的他反而令人亂了陣腳。感到動搖的紗月不由得抱怨。

「明明還叫我忘了一切。」

「……抱歉。」

兩人交談的期間，距離也漸漸縮短。氣息互相接觸，目光甚至無法聚焦——

「真是有夠任性的。」

紗月雖然這麼說，但心緒還是一個勁兒地向著他。

影野那垂下的睫毛，就像頭一次看見的鴉鵠美麗的羽毛般光彩奪目。紗月一邊感受著自己蔓延到耳朵的熱度，就這樣像被施了魔法般閉上眼，接受他嘴唇的溫暖。

只是表面微微碰觸，就令人全身血液沸騰般，這份滾燙的心意……與影野讓自己感覺到的事物相同嗎？這對兩人而言只會成為負擔嗎？即使如此，她仍然無法不這麼想。

（影野先生……我喜歡你……）

雖然開心，但一想到已經做好覺悟的他，胸口就感到燒灼般疼痛。

嘴唇依依不捨地離開。她感覺到睫毛因淚水而溼潤。紗月一露出泫然欲泣的神情，影野就憂鬱地看著她，用手指拭去從她臉頰滑落的淚珠。

「真是的，白銀一在身旁，我就必須緊盯著。」

「既然如此……就留在我身邊。永永遠遠……跟我在一起。」

紗月不想離開影野而緊緊抱住他。他那一邊輕撫著髮絲，同時輕輕碰觸的嘴唇令人憐愛。她不想忘記那份感觸。無論是閉上眼睛時，或是夜晚入睡時。

作為失去的記憶的替代，她想記住今後的每一件事。想將每一瞬間都烙印在眼底，再也不忘記心愛之人的存在。

——在這一週之後。

這一天的天氣睽違已久地放晴，溫暖到令人懷疑是不是搞錯了季節般。周遭的積雪一口氣融化，之前拚命鏟雪的事就像在作夢一樣，水泥道路如亮片般閃閃發亮。

一名令人懷念的客人造訪鴉翅堂書店——是夏天時，喜歡上其實是螢火蟲妖異的失聰女孩的國中生．晄。然而，即使紗月將和歌集交給他，他也露出一臉莫名其妙的神情。晄已經忘了那女孩，失去了與她共度的時光、表白時的情況等一切記憶。

即使已經從影野那裡得知會是如此，紗月還是感到震驚。

那段時光究竟算什麼呢？那明明並非幻境而是現實，卻變得像是什麼也沒發生過，果然還是令人悲傷不已。自己總有一天也會忘記影野嗎？一想到這裡，紗月就因不安而害怕得不得了。

紗月穿過神社鳥居，開始以神社為目標攀登石階。每天早晚為了影野到神社參拜，已經成了例行公事。

影野依然在古書店的房間裡休養著。身體狀況好時就會讀讀書，或跟紗月閒聊，但似乎完全不想移動。他的表情已經沒了從前的銳氣，不同與以往冷漠的態度，變得有些軟弱。有時候還會像失了魂般發愣，這時就能透過他的身體看見另一側的景象。

剩下的時間還有多少，這一點似乎連影野自己也不知道。因此，伊織與紫織不時會過來分些力量給他。紗月則一邊做著自己能做的事，希望能幫忙讓影野輕鬆一些。

紗月仰望著還有數百階的樓梯。她一邊走上每一級石階，一邊回想起與影野相遇的日子。

她第一次造訪鴉翅堂書店時遭到拒絕，即使開始共事，影野也總是十分冷淡。這就像他後來坦白的，只是因為若是與紗月親近就會感到難受，才會盡量避免與她有所牽連。即使如此，影野依然關照著紗月。

收到比翼連理的御守時、他帶自己去夏日慶典時、送她回家並借她外褂時，這一切都滿懷了影野的愛情。他只是沒有說出口，卻一直想著自己。

（我什麼也沒能回報影野先生……該怎麼做才能讓他高興呢？）

紗月在正殿前雙手合十，由衷祈求。希望能盡可能陪伴在他身邊，希望能為他實現心願，希望盡己所能地讓他幸福。

參拜完後，紗月前往伊織與紫織所在的舊正殿。接下來伊織會跟她一起到影野那裡去。

「紗月，你來了啊。」紫織向她打招呼。

「紫織，你好。」

「滿江婆婆正在跟伊織一起煮藥粥，準備讓妳帶過去。」

「真的嗎？」

紫織頷首。他雖然不太會將情感表現在臉上，但是個正直的好青年，有著不同於伊織的優點。

紗月看見紫織手中的書籍，開口詢問：

「那是《妳與天象儀》的新刊嗎？你如果告訴伊織，他一定會非常開心的，他一直很想詢問感想呢。」

「無妨，別告訴他我有這套書，紗月。而且……偷偷買書很愉快，還能稍微替伊織打氣。」

紫織這麼說，他滿臉通紅，連耳根都紅了。啊，原來如此，是這麼一回事啊。

「你是頭號書迷呢。」

紗月就像是自己的事情一樣開心，呵呵地笑了起來。結果紫織的嘴就愈發扁成ㄟ字形。

「好了，走吧。不是要送藥粥給影野嗎？」

接著，在紫織帶路下，紗月前往滿江及伊織所在的廚房。

「啊，紗月小姐，我正想送過去哩，妳來得正好。」

伊織展露笑容。

「這個也可以帶去給他享用。」

滿江這麼說，將佃煮馬鈴薯一起交給紗月。接著紗月就跟伊織一起動身前往鴉翅堂書店。

「滿江婆婆，謝謝妳做了這些菜。紫織，再見嘍。」

「路上小心。」滿江與紫織揮手送行。「走吧。」伊織對紗月說。

「紗月小姐，妳在過來這裡時，跟紫織聊了些什麼嗎？」

「咦？為什麼這麼問？」

「總覺得你們最近相當要好，令我有點吃醋。」

伊織這麼說，以彆扭的眼神仰望紗月。被他這麼一看，自己只能投降。

「嗯～這個嘛，你下次直接問紫織吧。要是我告訴你，他一定會生氣的。」

「咦……令我愈來愈在意了，紫織絕對不會告訴我的。」

「對不起。」

伊織「呿～」地發出不服氣的聲音，接著摟住紗月的手臂。

「那相對地，現在就讓我獨佔妳吧～」

「伊織你真是的。」

接著，兩人步下神社的階梯，沿著田間小徑往古書堂前進。風勢雖料峭，但散發著春天即將到來的氣味。

「再過一個月就是櫻花季了。紗月小姐……回到這裡也快滿一年了呢。」

伊織感慨萬千地說。

「是啊……櫻花啊，真想賞花。真想跟影野先生……一起賞櫻。」

紗月下意識這麼低語，伊織立刻睜圓了大眼睛高聲說道：

「就是這個！來開個賞花會吧。我們來大展身手下廚，影野先生一定也會很開心的。」

「嗯！真不錯，就這麼辦。總覺得想著想著就興奮起來了。」

「沒錯吧？」

——想要訂下新的「約定」，想珍惜在一起的時光。

想要思考許多愉快的事，一起創造新的回憶，然後……盡可能地共度這段時光。紗月一邊想著這些事，在路上與伊織盡情暢談，怎麼聊都聊不膩。

回到商店街後，紗月一邊想著要立刻告訴影野關於賞花的事，同時正要打開古書店的門鎖時，她察覺到不對勁。

奇怪了，門沒有上鎖。自己外出時明明鎖上了。紗月有種不好的預感，神情僵了起來。

「紗月小姐，妳怎麼了？」

紗月連忙打開影野的房門，那裡空無一人，到處都找不到影野的身影。

「不見了……影野先生不見了。」

『紗月……那是將來的事。我現在在這裡，還沒有消失吧？我會如妳所願……陪著妳直到妳高興為止。』

影野的聲音在耳畔迴響。

『……無法改變，這就是我的命運。』

紗月跳了起來，當場衝了出去。

「紗月小姐，妳要上哪裡去？」

伊織吃驚地大喊。但紗月沒有停下腳步。她衝出書店，往神社跑回去。

「我……我非去不可……」

但是，她不知道自己該往哪裡去。

『約好嘍，別忘了。』

紗月回想起這句話，繼續跑了起來。必須盡快，一分也好，一秒也好，她得去見他。

（影野先生，影野先生……我不要，影野先生！）

淚水遮蔽了視線，她連自己的雙腿是如何行動，連自己是如何呼吸的都搞不清楚。僅有愈發加速的心跳聲，在她耳畔清晰地響著。

「不要！影野先生……！我不要！別留下我一個人！」

紗月猛烈地跌了一跤，膝蓋竄過燒灼般的痛楚。想必是流血了，但紗月不在乎。她爬起身拚命地前進。

不要緊，他絕對沒有消失，他一定只是出門晃晃而已。只要一見到面，他就會一如往常地對自己微笑，所以必須找到他才行。

紗月拚命地說服自己，拖著不聽使喚的雙腿前進。

『約好嘍，別忘了。』

他一定就在兩人約好的地方。

快點，快點，自己得盡快——

紗月汗流浹背，冰冷的風吹拂著額頭。

心臟彷彿要破裂般激烈地跳動著。

這時——

不知為何，眼前突然染上一片淺紅，明明是降雪的季節，卻有櫻花花瓣飄落下來。在紗月腳邊，有個小女孩發出銀鈴般的笑聲跑了過去。

（咦——？）

『等等，到那裡去很危險的！』

少年的聲音響起，他跑過紗月腳邊。兩人的目的地是神社境內的裡參道。

（這是什麼——幻覺？）

在櫻花花瓣翩然飛舞之中，腦中逐漸浮現片段的記憶。有著淡淡色彩的景致就像粗暴轉臺一般，接二連三地映入眼簾。

這是不是紗月曾經經歷過的，她所不知道的記憶呢——胸口因這股預感而騷動。

「啊，我……」

心跳又更加速了。在少女伸手可及之處，花瓣飄落，紗月宛如全身遭到雷擊般受到衝擊。至今為止朦朧不清的景象鮮明地映入眼簾，聲音也變得清晰可聞。

『欸，你今天能告訴我了嗎？你是哪家的孩子？叫什麼名字啊？』

『神明會生氣的，所以妳能答應我不告訴任何人嗎？』

『嗯，我答應你。』

『我的名字叫作千尋。』

（千尋……？）

『這是你的名字嗎？』

『嗯，這個名字的意思是「永遠思念」……是神明替我取的名字。』

『好棒喔！是個很棒的名字呢。』

『小紗，我們來約定，一定還要再到這裡見面喔。』

『嗯，約好嘍。今後也要永遠……陪在我身邊喔？』

（小紗……）

這麼呼喚自己的少年的笑容烙印在眼底。這並不是那本繪本中的故事，也不是既視感，毫無疑問地……這是紗月的記憶。

紗月愣在那裡，眼前的影像又突然轉變。這次是個月色朦朧的夜晚，是夏天看螢火蟲那一晚的事。少女雖然身穿可愛的浴衣，卻在哭泣著。

『媽媽總是在哭，爸爸都不回來。他們是不是討厭紗月了？』

少女抽抽搭搭地哭泣著，少年握住她的手鼓勵著她。

『沒這回事。別哭了，我會陪在妳身旁……永遠陪在妳身旁。』

『真的嗎？你會永遠陪著我嗎？』

『我們不是約好了嗎？我們會永遠在一起。』

無論是秋天、冬天，季節流轉，春天到來……

無論是五歲、六歲、七歲……

無論是八歲、九歲、十歲……

——兩人都會永遠在一起。

『我們會永遠在一起。約好嘍，別忘了。』

無論是開心的時候、痛苦的時候、愉快的時候、哭泣的時候，都會永遠永遠……

『約好嘍，別忘了。』

在紗月迎接十歲生日當天，雙親決定離婚。這是她頭一次明白人的心意無法永遠持續下去。在這天，紗月跑向她跟少年約定好的神社。

（千尋告訴過我，他答應過我，會永遠跟我在一起。）

快點，快點，得趕快告訴他。

紗月感到焦急。由於父親的離去，令她擔心起是否連千尋都會消失不見。

她想相信並不會如此。她這次一定要好好許願。

只要許了願……一定就能永遠跟最喜歡的人在一起。

——我跟你說，我的願望是……

「……唔！」

記憶接二連三湧出，令紗月的頭腦深處如發麻般疼痛，世界扭曲。

（為什麼……我會忘了這麼重要的事？）

沒錯，少年的名字叫作千尋，影野千尋……原為鴉鵲的他，請求神明讓自己改變樣貌，前來與紗月相見。接下來，兩人一直都是一起度過的。

從五歲到十歲之間——他是原本孤單一人的紗月頭一次交到的朋友……也是在紗月心中悄悄綻放的初戀。

遭遇車禍那天，紗月正在前往與少年約定好的神社途中。當時，紗月看見少年的身影，趕忙想跑過去，卻沒看見從一旁衝過來的車輛。

『千尋，我跟你說，我的願望是——』

『危險！』

震耳欲聾的激烈煞車聲，驚人的碰撞聲及衝擊，在令紗月四分五裂的疼痛幾乎令她失去意識時，她感覺到一股溫暖包覆住自己的身體。

『紗月——！』

『……千、千尋……』

在失去意識之前所看見的是——最喜歡的人的臉龐。是他守護了紗月的性命。

（然而，我卻忘了一切……明明是那麼珍惜的記憶。）

染成淡紅色的櫻花風景轉為一片漆黑。紗月的人生自此與少年斷了交集，彷彿什麼也沒發生過一般——開始邁向另一段人生。

思緒在紗月心中湧出。與他共度的每一段時光猶如走馬燈般復甦，浮現又消失。然而，這次她沒有遺忘，這毫無疑問是紗月本身的記憶。這時，她突然被漆黑籠罩，紗月環顧周遭。只見缺了一塊的月亮在頭頂上方散發光輝。櫻花花瓣輕輕飄舞而落。

紗月忘我地跑著，叫喊著。

「我想起你的名字了！我已經回想起與你之間的所有回憶了！」

淚水撲簌簌地滑過臉頰。

悵然地，難受地，眷戀地……心愛地。

「那個時候，我想告訴你的是，我的願望是……永遠永遠與你在一起！」

一切都會消失。無論是他存在於此的事實、共同度過的記憶，一切的一切。

她不願如此，她不想放棄。不要說結束，希望永遠待在他身邊，希望兩人能永遠在一起。

在紗月前進的方向，有某種事物翩然飄落。那並非櫻花花瓣，而是美麗的黑色羽毛——然後，她感覺到某股暖意包覆住自己。影野似乎就在眼前對自己微笑著。

「影野先生！」

『紗月……別哭了，不要緊。我就在這裡，我會永遠陪伴在妳身邊。』

「……影野先生。」

『所以，紗月，別這樣哭泣了。』

紗月順著傳來的溫柔聲音將手伸了出去。影野的身影緩緩映入眼簾。她拚命地伸出手，在她緊抱住那雙手臂的瞬間，眼前突然像雲霧散去般恢復光亮，紗月這才察覺自己已經抵達了神社腹地。

然而在她眼前的影野，輪廓卻逐漸融化，身影在光之粒子包覆下逐漸消失。

「為什麼……今天早上還沒有這樣的。」

『狛犬他們非常努力了。但是……時候到了，紗月。』

影野無情地宣告，紗月拚命搖頭。

「我不要這樣。」

她想確認影野的觸感而抓住他的手臂。

「我想起來了，千尋，你的名字叫千尋，你一直陪伴在我身邊。對不起，我忘了約定。你明明救了我，我卻忘了你的事，對不起。」

『是嗎？妳在最後一刻……想起來了啊。』

影野這麼說著，溫柔地輕撫紗月的頭。不過幾乎已經沒有感覺，只像微風吹拂過一般。

「沒錯。所以不要說這是最後……不要離開我。」

即使紗月拚命地緊抓住他，影野也只是悲傷地垂下眼簾。

紗月的視野因為淚水而模糊。明明想將你的臉烙印在眼底，好好記住的。

『別哭了，笑一個。我想看看妳的笑容。』

「我笑不出來啊。你都要消失了，我怎麼笑得出來！別丟下我！」

『紗月……請妳明白。我已經無能為力了，我連拭去妳的淚水都辦不到。』

「我不明白……」

他摟住自己，唇瓣輕輕重疊。之前明明那麼溫暖，現在卻像冰一樣冷。他澄澈眼眸的光芒也逐漸暗去。

——他真的要消失了。一想到這裡，紗月就害怕得一心摟住影野。

『……紗月，我有東西想交給妳，妳能看看嗎？』

影野這麼說，輕輕推開紗月的肩膀。

他手上拿著一本繪本，書名是《約定的時刻》，下方則繪有神社的紅色鳥居，以及一對少年少女手牽著手。

紗月倏地抬頭看向影野。

「這是……我們？」

『沒錯，我一直思念著妳。與妳一同度過的每一天，是無可取代的時光。我很幸福。』

影野這麼說完，就從紗月眼前緩緩消失無蹤。

「影野先生？討厭……你還在吧？拜託你快現身啊！」

沒有回應。紗月不由得哭喊。

「欸！你還在吧？拜託，別留下我！別獨自離開！我想跟你一起活下去啊！」

淚水掩蓋視野，即使她拚命凝神細看，也什麼都看不見了。

『……紗月，別哭了。』

明明聽得見聲音，卻看不見身影。

最後，終於連聲音都聽不見了。

「不行！快讓我聽聽你的聲音！」

『最後，妳能叫一聲我的名字嗎……』

「什麼最後……我不要……影野先生……千尋——！」

如果希望願望實現，就絕對不能告訴任何人。因為一旦說出口就會無法實現。

所以，自己在孩提時代只在心裡這麼想著。我那時候的願望只有一個。

就是一直跟你在一起——如果可以，希望直到永遠。

明明僅是這樣的願望。

但是，因為我在沒能傳達給你的情況下忘了你。

所以這份願望才會無法實現吧。

『小紗，謝謝妳。能夠跟妳在一起，我很幸福……我打從心底……最最最喜歡妳了。』

『紗月，我愛妳。』

年幼少年的聲音，與成人的影野的聲音交疊，逐漸遠去，一眨眼就從紗月眼前消失無蹤。

在雪國的寒冷春天，眼前所見的櫻花花瓣是幻影嗎？

風強烈地刮著，天空再度染白，雪花颼颼地飄落，逐漸堆積。

被遺留下來的紗月的痛哭聲，空虛地響徹寂寥的鄉下神社。

隨後——消散。

最終話　比翼連理

「——……月，紗月！」

聽見有人呼喚自己的聲音，紗月驚醒過來。

映入眼簾的——是純白的天花板及其紋路。她輕輕轉向身旁，就看見臉色蒼白的母親，及一臉擔心的外婆的身影。

「媽媽……外婆……」

聲音沙啞得簡直不像從自己嘴裡發出來的。

母親撲上來緊握住紗月的手，湧出淚水。

「太好了，妳中午時倒在神社的階梯上。外婆通知我公司時，我真的是擔心死了。」

紗月將視線移向外婆，外婆也擔心地頷首。窗外已經一片漆黑了。

「神社……？我為什麼會倒在神社……」

紗月的頭隱隱作痛，令她不由得蹙眉。是撞到頭了嗎？身體像鉛塊一樣沉重，喘不過氣，而且什麼也想不起來。

（咦？我……回到透馬村來，然後呢……？）

豈止是去過神社的事，從東京回到家鄉來之後的事，她都完全沒了記憶。

當紗月啞口無言地愣在那兒時，一陣鈴聲傳來。她循著聲音望去，外婆將一本繪本及御守交給她。

「妳當時抱著這本繪本倒在地上。正好在我出門散步時看到小紗妳倒在眼前……哎呀呀，真是嚇壞我了。」

「我抱著這本繪本？」

她將目光落在名為《約定的時刻》的繪本上。

「是啊，手裡還抓著這個御守。」

「御守……？」

「是啊，這是稱作『比翼連理』的結緣御守。兩個一組……在彼此不得不分離時，只要相愛，總有一天一定能結為一體——是帶有這個意義的御守。這應該是小紗很珍惜的東西吧？」

紗月接過附有小鈴鐺的紅色御守，困惑地開口：

「為什麼我會有這個……我不知道。我完全想不起來發生了什麼事……」

紗月低語，母親與外婆一同露出擔心的神情。

「該不會是從樓梯上摔下來了吧？果然是撞到了什麼地方造成問題……」

「我從東京回到這裡之後，發生了什麼事？」

紗月這麼一問，母親立刻臉色發青地彈起身衝去找護理師。

「小紗……妳真的什麼也不記得了嗎？」

外婆握住她的手。那份溫暖令她感到非常難受。眼瞼下方暖了起來，感覺到自己淚水盈眶。

「嗯，即使我試著回想，也什麼都想不起來。」

紗月連自己為什麼哭泣，為什麼會在這裡都不清楚。

她簡直就像迷路的孩子般，因不安而渾身顫抖。母親很快地帶著護理師回來，讓紗月接受醫師的診療。

檢查結束後，紗月躺在病床上，分別聽著母親與外婆訴說。

她得知自己從東京回到透馬村已經是一年前的事時大吃一驚。據說在這空白的一年之間，她十分中意外婆從前開的古書店，而頻繁進出那裡。

紗月也曾在十歲時遭逢車禍而喪失記憶，因此母親認為這次的事態同樣嚴重，十分焦急，但檢查的結果，診斷她只有擦傷及摔傷，所以很快就出院了。

然而，紗月並沒有恢復記憶。雖然醫師判斷是暫時性的情況，但仍留下「或許會像十歲時一樣一直無法回想起來」的疑慮。

出院後，紗月立刻造訪從外婆那裡接手的古書店。

她以拿到的鑰匙開了門，就傳來塵埃的氣味。

「哇，好驚人！」

櫛比鱗次地排列在密集書架上的眾多書籍映入眼簾，紗月不由得發出讚嘆聲。自己的確可能會中意這裡。

（為什麼……我會遺忘了呢？在神社那裡究竟發生過什麼事？）

即使紗月拚命地追溯記憶，仍完全回想不起這空白的一年間發生過的事。

不過，只要待在這間古書店裡，這份焦躁及不安情緒就會在不知不覺間和緩下來，不知為何產生懷念且平靜的心情。

她看向繪本區，依序瀏覽書架上的書籍名稱。

「有許多令人懷念的書呢。沒錯沒錯……這本是我非常喜歡的書。」

紗月也有這本《白兔與黑兔》，而且被她翻閱到都破破爛爛的。

此外還有《小小熊的夜晚》、《銀河鐵道之夜》、《神的贈禮》、《古利和古拉》系列及《活了100萬次的貓》、《哭泣的紅鬼》等名作，《猜猜我有多愛你》、《拉奇和小獅子》、《權狐》……紗月一邊拿起每一本書，一邊展露笑容。

只是看著書封也很愉快，不過一旦開始翻閱，就會停不下來。

接著，紗月試著將手上這本神祕繪本《約定的時刻》擺上書架。不過，最後還是決定作罷，收回手邊。

這是一本沒有作者名也沒有出版社名稱的神祕繪本。雖然無法說明原因，但紗月有種不能讓這本繪本離開手邊的感覺。

（而且，這或許是讓我恢復記憶的關鍵。）

她一邊想著，環顧店裡，接著將視線移往屋外。

透馬村的春天非常美麗且清爽。令人想一直待在店裡欣賞景色更迭，並殷切期盼某個人到來。

這一年來，這裡對紗月而言一定成了重要的地方，否則就無法說明如此盈滿內心的情緒了。

她眺望著淡紅色的櫻花飄舞，內心產生一股非常難受苦悶的心情。她覺得靜不下心，於是在口袋裡把玩著或許是自己內心依靠的御守，叮鈴的清脆鈴聲響起。

「總之，既然會開店營業，就表示有客人會上門。得打掃一下才行。」

紗月重振精神，開始整理打掃店裡。

「不好意思，請問有營業嗎？」過了不一會兒，就傳來詢問的聲音。

看來似乎是客人認為開始營業而上門了。

「有！請進，請務必進來看看。」

紗月回到櫃檯，以笑容應對。她穿上放在一旁的圍裙，將鈴鐺收進前面的口袋裡。

現在就連同失去的記憶的份，好好珍惜此刻地活下去吧。

——就這樣，三年的歲月轉瞬間流逝。

到頭來——紗月完全沒有回想起之前的記憶。不過她既沒有感覺到不便，也沒有對身體造成太嚴重的影響，她一邊在鎮民會館打工，同時依然經營著古書店。

紗月今年也滿二十八歲了。老實說，考慮到生活，她也不知道能獨自經營古書店到什麼時候。

隨著時光流逝，她也曾好幾度認為差不多該收掉書店，卻又一再改變主意。

這雖是一間蕭條的古書店，客人卻出乎意料地多，隨著透過書籍與人接觸，這裡不知不覺間已成了自己的立身之地，變得令人難以割捨。

紗月取出收在櫃檯架上的《約定的時刻》這本繪本。這是紗月三年前倒在神社前時抱在懷裡的繪本。

她至今仍不清楚自己為什麼會拿著這本繪本，但她明白自己曾經非常珍惜。

因為在這個少女在神社與少年相遇，隨著一再立下的「約定」寫下令人憐惜的每一天的故事中，滿溢著溫柔的愛情。

『約好嘍，別忘了。』

紗月一邊以手指輕撫著書上這句話，不可思議地感覺到同樣的話語也在腦中復甦。

其實這並不是第一次。搞不好這與自己失去的記憶有關，她閉上眼睛，再度試著傾聽聲音的記憶。她總覺得自己果然曾經在某時某地聽過這句話。

然而，這些記憶的碎片也隨著日子經過而逐漸淡薄。每當感覺到記憶消散，紗月就會碰觸御守上的鈴鐺，這已經成了她的習慣。

當紗月正在整理書架時，聽見後方傳來書籍從書架上掉落的聲響，讓她吃驚地回過神來。

「咦？」往後看去，只見《權狐》的繪本擺在那裡，令紗月感到狐疑。

（我剛才明明才整理過，為什麼會在這裡……）

「——請問書店有營業嗎？」

有個客人的聲音傳來，紗月連忙跑回櫃檯。

「歡迎光臨。當然有營業！歡迎來到鴉翅堂書店！」

紗月以充滿精神的聲音招呼。

此時，由於颼地溜進店裡的春風吹拂，櫻花花瓣翩然飄落。

沙塵飄入，令紗月不由得瞇起眼。

再加上正好背光的緣故，使她看不見那名客人的表情。

紗月好不容易看清楚的那名男性端整的容貌令她感到懷念，內心怦然掀起波瀾。花瓣就像在平靜的湖面上輕輕搖晃，逐漸掀起漣漪一般，令紗月的內心喧騰不已。就像停止的時間緩緩開始流動般，胸口的脈動怦怦、怦怦地逐漸加速。不知道為什麼，淚水毫無原因地湧了上來。

「咦……為什麼我……眼淚……」

紗月擦拭著淚水湧出的眼角，凝視著宛如幻影般融入花霧景象中、身穿和服的男性客人。

對方不由得靠近紗月，替她拭去眼角的淚水，接著懷念般地瞇細雙眼望著紗月。

紗月吃驚地回望著他。

他也回過神來，似乎不知道下一步該如何動作。

紗月為了找出這難以言喻的情感的答案，拚命地試圖開啟記憶之盒的蓋子。

和服袖口相觸，一股芬芳的甜香氣味將她包圍。

不知為何，紗月感到胸口深處像是阻塞住一般難受。

「……嗚。」

她想不起來。

——不過，她總覺得自己認得這個氣味。

「妳為什麼……在哭呢？」

他不知所措地詢問。

不知道。

——不過，她總覺得自己認得這個聲音。

「……沒事，對不起。我也不太清楚是怎麼回事，但眼淚就自己流下來了。」

他又凝視著紗月。

這瞬間，叮鈴的鈴聲響起。

那並不是紗月習慣性碰觸的口袋裡的御守。是從對方身上傳來的。

「難不成，妳身上擁有跟這個不同顏色的御守嗎？」

他這麼說著，從懷裡取出繡著成對鳥兒的紫色御守湊向紗月。

紗月認得這御守上的圖案，迅速地從口袋中取出自己的御守。

「是……這個嗎？」

「是嗎？妳從那之後……就一直帶在身上啊。所以……」他以幾乎聽不見的聲音低語。倒不如說，聲音聽起來似乎在顫抖。

「這是……結緣御守對吧？不過，其實我並不清楚自己為什麼會帶著它。」

「是這樣嗎？」

他有些悲傷，卻又有些開心地看著紗月。

不知道為什麼，紗月總覺得自己看過他那憂鬱的眼神。彷彿從許久以前就已經認得了。

而且，她感覺到那是無可取代的幸福記憶。

「請問，我們是不是在哪裡見過面？」紗月下意識地詢問。

「其實，我剛剛也想著同樣的事情。」他回答。

紗月一邊擦拭不知為何溢出的淚水，凝望著對方。

他那凜然的黑色眼眸、純粹且柔和的眼神、端整好看的表情，以及他散發的氣質，面貌確實有些令人懷念。

她對這份難以言喻且無可奈何般的情感有些印象。

但她想不起來。

只不過，她有種自己會愛上眼前之人的預感。

她鼓足勇氣這麼傳達後……

「我也有同樣的感覺。」

他溫柔地微笑……

「我還能……再來這裡見妳嗎？」並這麼說。

紗月雖然感到吃驚，卻感到理所當然，回過神來……

「好。」她已經自然而然地如此回答。

自己今後會談一場無比珍貴的戀愛。她有這種預感。

微風再度吹進古書店裡，叮鈴、叮鈴地，兩顆鈴鐺的聲音迴盪著。

此時——有根黑色羽毛不知從何處翩然飄來，降落在置於兩人之間的《約定的時刻》這本繪本上，猶如寶藏般閃閃發亮。

參考文獻

《白兔與黑兔》文、插畫：Garth Williams　譯者：松岡享子　福音館書店　1065年
《小小熊的夜晚》文、插畫：酒井駒子　偕成社　1999年
《神的贈禮》文、插畫：樋口通子　小熊社　1984年
《銀河鐵道之夜》文：宮澤賢治　插畫：藤成清治　講談社　1982年
《羽衣》作者：吉本芭娜娜　新潮社　2006年
《權狐》作者：新美南吉　插畫：黑井健　偕成社　1986年
《拉奇和小獅子》文、插畫：Marék Veronika　譯者：德永康元　福音館書店　1965年
《百人一首（全）　初學古典系列　日本古典》編纂：谷知子　角川學藝出版　2010年

國家圖書館出版品預行編目(CIP)資料

妖異戀愛古書店 / 蒼井紬希作；唯川聿譯. -- 初版. -- 臺北市：春天出版國際, 2019.02
面； 公分. -- (楽；14)
譯自：あやかし恋古書店~僕はきみに何度でもめぐり逢う~
ISBN 978-957-741-191-4(平裝)

861.57 108000311

楽 14

妖異戀愛古書店

あやかし恋古書店~僕はきみに何度でもめぐり逢う

作　　者　蒼井紬希
譯　　者　唯川聿
總 編 輯　莊宜勳
主　　編　鍾靈
出 版 者　春天出版國際文化有限公司
地　　址　台北市信義路四段458號3樓
電　　話　02-7718-0898
傳　　真　02-7718-2388
E－mail　frank.spring@msa.hinet.net
網　　址　http://www.bookspring.com.tw
部 落 格　http://blog.pixnet.net/bookspring
郵政帳號　19705538
戶　　名　春天出版國際文化有限公司
法律顧問　蕭顯忠律師事務所
出版日期　二〇一九年二月初版
定　　價　260元

總　經　銷　楨德圖書事業有限公司
地　　址　新北市新店區寶興路45巷6弄6號5樓
電　　話　02-8919-3186
傳　　真　02-8914-5524
香港總代理　一代匯集
地　　址　九龍旺角塘尾道64號 龍駒企業大廈10 B&D室
電　　話　852-2783-8102
傳　　真　852-2396-0050

ISBN 978-957-741-191-4
Printed in Taiwan